Friesisch Roulette

W0409331

Marvin Entholt ist in Bremen geboren und aufgewachsen. Er studierte in München Politik und Philosophie sowie anschließend an der Hochschule für Fernsehen und Film Drehbuch und Regie. Nach kurzer Lehrtätigkeit in Mogadischu ist er seit 1990 Regisseur, Produzent, Drehbuch- und Dokumentarfilmautor teils preisgekrönter Filme, vor allem für ARD und ZDF. Marvin Entholt stellt auch fotografische Arbeiten aus. Er lebt in München und Berlin.

Dieses Buch ist ein Roman. Handlungen und Personen sind frei erfunden. Ähnlichkeiten mit lebenden oder toten Personen sind nicht gewollt und rein zufällig.

MARVIN ENTHOLT

Friesisch Roulette

KÜSTEN KRIMI

emons:

Bibliografische Information der Deutschen Nationalbibliothek
Die Deutsche Nationalbibliothek verzeichnet diese Publikation in der Deutschen Nationalbibliografie; detaillierte bibliografische Daten sind im Internet über http://dnb.d-nb.de abrufbar.

FSC
www.fsc.org
MIX
Papier aus verantwortungsvollen Quellen
FSC® C083411

© Emons Verlag GmbH
Alle Rechte vorbehalten
Umschlagmotiv: photocase.com/schachspieler
Umschlaggestaltung: Tobias Doetsch
Gestaltung Innenteil: César Satz & Grafik GmbH, Köln
Druck und Bindung: CPI – Clausen & Bosse, Leck
Printed in Germany 2014
ISBN 978-3-95451-254-6
Küsten Krimi
Originalausgabe

Unser Newsletter informiert Sie
regelmäßig über Neues von emons:
Kostenlos bestellen unter
www.emons-verlag.de

Für Björn

Eenmol leevt wi man, un dat is nu.
Inschrift im Dachbalken einer alten Bauernkneipe

1

Detektiv zu werden war so ziemlich das Letzte, was sich Johann Renken je vorgestellt hatte. Aber nun stand er da, eine Leiche vor seinen Füßen, in der Hand eine Waffe, die vermutlich die Tatwaffe war und auf der nun nachweislich seine Fingerabdrücke prangten.

Und so musste er sich jetzt zwangsläufig ein paar Gedanken darüber machen, wie er in diese Situation geraten war. Er konnte sich nicht einmal erklären, warum er in der Scheune aufgewacht war – und weshalb er überhaupt dort gelegen hatte. Waren es die Biere, die ihn gefällt hatten? Er hatte nicht die leiseste Idee, was geschehen war. Vor allem aber: Woher kam die Leiche? Und: Wo sollte sie jetzt hin?

Alles sah danach aus, dass er sie zu einer solchen gemacht hatte. Würde ihm auch nur irgendjemand seine Unschuldsbeteuerungen abnehmen? Bei seiner Vorgeschichte? Wohl eher nicht. Er war ja selbst nicht sicher, ob er nicht etwas mit dem Tod des Mannes zu tun hatte.

Es war ein später Samstagabend im September. Johanns Atem wurde langsam ruhiger. Ob vor Erschöpfung oder Erleichterung, egal, er warf die letzte Schaufel Erde auf den Haufen, der die zuvor von ihm ausgehobene Grube in seiner Scheune wieder füllte.

Noch einmal leuchtete er mit der Taschenlampe den Boden ab, ob ihm auch wirklich kein Beweisstück durch die Lappen gegangen war.

Er strich sich den Schweiß aus der Stirn, tätschelte wie jeden Abend die selbstzufrieden grunzende Sau Elfi und ging hinüber ins Haus. Für die wenigen Kopfsteinpflastermeter über den Hof brauchte er heute länger als sonst.

Johann nahm eine Flasche »Landbier dunkel« aus dem Kühlschrank, schob auf dem Küchentisch mehrere Ausgaben der

»Ostfriesischen Nachrichten« und ein begonnenes Kreuzworträtsel beiseite und setzte sich. Er ploppte mit beiden Daumen die Flasche auf, nahm einen kräftigen Schluck, stellte das Bier vor sich ab und schaute geradeaus. So wie jeden Abend in den letzten acht Jahren. Nur dass er auf dem Hof heute nicht mehr allein war mit Elfi. Da lag jetzt dieser Tote in seiner Scheune, von dem er nicht einmal wusste, wer er war.

Johanns Schädel schmerzte. Er dröhnte mehr als nach einem ganzen Kasten Bier nebst Schnapsbegleitung. Danach hatte er eigentlich nie Kopfschmerzen, und gestern hatte es nicht mal Schnaps gegeben. Aber heute fühlte es sich an, als hätte ihm jemand mit einer Schaufel eins übergezogen.

Ob er so schlimm aussah, wie er sich fühlte? Johann machte sich in letzter Zeit Gedanken, ob die in beachtlicher Zahl konsumierten Landbiere nicht nur in den grauen Zellen Unheil anrichten, sondern auch in seinem Gesicht Spuren hinterlassen könnten. Derlei Familientradition wollte er nicht unbedingt pflegen.

Er wankte bedächtig ins Bad und blickte über Dosen mit Rasierschaum und ein angestaubtes »Old Spice«-Rasierwasser hinweg in den Spiegel.

Johann erschrak, denn auf seiner von Haarwuchs schon lange unbehelligten Stirn klebte Blut. Angetrocknetes Blut, das ihm aus der Haarinsel auf seinem Schädel in die Stirn gelaufen sein musste. Johann tastete vorsichtig sein Haupt ab und fühlte Schorf am Hinterkopf. Aber warum? Woher rührte die Wunde?

Fluchend schüttelte Johann in der schummrigen Diele die Filzpantoffeln ab und stopfte seine Füße in die Gummihalbschuhe, die er bei gutem Wetter bei der Arbeit auf dem Hof trug. Bei Schlechtwetter reichte das Gummi bis zum Knie.

Mit der Taschenlampe in der Hand schlappte er noch mal zur Scheune. Vielleicht kam ihm dort eine Idee, wie er sich seine Kopfwunde eingehandelt haben könnte.

Er schaltete das viel zu schwache Deckenlicht an und leuchtete mit der Taschenlampe in der Scheune umher. Elfi erwachte von dem späten Besuch und rammte grunzend die Holzbohlen, die ihren Verschlag einrahmten.

Der Lichtstrahl der Taschenlampe fiel auf die Grube, die Johann vorhin zugeschüttet hatte. Mit dem Fuß verteilte er etwas Stroh darüber.

Der Lichtkegel seiner Lampe irrlichterte durch die Scheune wie die weithin sichtbaren Himmelsstrahler der Großraumdisco im übernächsten Ort, die Johann am Wochenende vom Schlafzimmerfenster aus sehen konnte, wenn die Wolken niedrig genug hingen.

Während Johanns Gedanken abschweiften zum »Sunrise« und zu seinen Überlegungen, wie es dadrinnen wohl zugehen mochte, wie die Frauen und Mädchen angezogen wären und ob es leicht wäre, mit ihnen ins Gespräch zu kommen, obwohl ihm klar war, dass, selbst wenn man gemeinhin sagen würde, dass es leicht wäre, es ihm trotzdem vollkommen unmöglich wäre – da fiel das Licht seiner Lampe auf die Holsteiner Schaufel, mit der er vorhin die Grube gegraben und wieder zugeschüttet hatte, und er entdeckte eine kleine Blutspur, genau dort, wo das Schaufelblatt am Stiel befestigt war.

Johann war ja nun kein Detektiv und erst recht kein Spurensicherer der Kripo, aber nach seinem ganz persönlichen Eindruck hatte das Blut auf seiner Stirn und das auf der Schaufel dieselbe Farbe und war im selben Maße angetrocknet. Damit erklärten sich Johann auch sein dröhnender Kopfschmerz und das Gefühl, als habe er mit der Schaufel eins übergezogen bekommen.

Offenbar hatte er tatsächlich eins mit der Schaufel übergezogen bekommen, und dann musste ihm irgendwer den unbekannten Toten in die Scheune gebracht und ihm die Waffe in die Hand gedrückt haben.

Seine Erkenntnis brachte Johann keinen entscheidenden Schritt weiter. Allerdings beruhigte es ihn, dass er anscheinend nicht der Täter war. Johann misstraute allen Menschen und damit folglich auch sich selbst.

Er schaltete das Licht in der Scheune aus. Elfi rumpelte noch einmal grunzend gegen den Verschlag, ehe sie sich mit einem lauten Seufzer ins Stroh plumpsen ließ.

Johann schlurfte über den Hof zurück, wechselte in der Diele wie im Schlaf sein Schuhwerk zurück auf Filz, ging in die Küche, nahm ein Bier aus dem Kühlschrank und setzte sich an den Küchentisch.

Für den vollkommen aussichtslosen Überlebenskampf zweier Fliegen am Klebestreifen über dem Tisch hatte er weder Auge noch Ohr.

Mit seinen erdigen Fingern faltete Johann den kleinen Zettel auf, den er in der Tasche des Toten gefunden hatte.

Anscheinend ausgerissen aus einem kleinen Notizbuch, kariertes Papier wie in den alten Schulheften, keine guten Erinnerungen, darauf mit Kugelschreiber die Notiz »H.S.« und, mit einem anderen Stift geschrieben: »Sand–9 1602«.

Johann nahm einen Schluck aus der Bierflasche, einen langen, auch wenn das sein Denkvermögen nicht gerade erhöhen würde. »H.S. Sand–9 1602«, das war so viel wert wie gar kein Hinweis. Oder noch weniger. Das konnte alles und nichts heißen. »H.S.«! Heiliger Strohsack, heißer Spargel, Heinrich Siedenbiedel, dem der Krämerladen gehörte, Heu und Stroh … Johann ließ seinen lange nicht mehr strapazierten Denkapparat losrattern.

Und Sand minus neun? Was für Sand? Und warum minus neun? Was war Sand für eine Einheit, von der man neun abziehen konnte?

Dann fiel Johanns Blick auf die Waffe, die auf dem Küchentisch lag.

Keine so gute Idee, die offen rumliegen zu lassen, dachte er. Vielleicht vermisste ja jemand den Toten, und es gab Spuren, die zu seinem Hof führten.

Johann nahm die Waffe und hielt sie unterhalb der Tischkante, als könnte ihn jemand beobachten. Er betrachtete das Ding von allen Seiten. Sah aus wie die Pistole, die er als Junge mal beim Fasching getragen hatte. Eigentlich hatte es sich um einen Revolver gehandelt, wie es sich gehörte für einen Cowboy, aber für ihn war es immer eine Pistole. Von dem Unterschied hatte er erst in einem Fernsehkrimi gehört und gleich wieder vergessen, was jetzt was war.

Dieses Ding hatte jedenfalls eine Trommel und einen Abzugshahn zum Spannen. Nur eine Patrone steckte drin.

Komisch, dass so was überhaupt noch verwendet wird, überlegte Johann. Er hatte gedacht, dass alle, die jemanden umbringen wollten, diese modernen Waffen benutzen, die auch die Polizisten im Fernsehen immer mit beiden Händen in die Höhe hielten, wenn sie sich seitlich in einen Raum hineinbewegten, in dem sich vielleicht ein Bösewicht versteckte, der auch so ein Ding dabeihatte und damit jederzeit auf sie feuern könnte.

Johann nahm das alte Küchenhandtuch von der Kommode, das mindestens ebenso lange keine Waschmaschine gesehen hatte wie seine Hose. Mit dem Tuch, durch dessen Schmutz noch schwach das rote Karomuster schimmerte, wischte er die Pistole ab. Spuren beseitigen, das ist wichtig, dachte er sich, polierte die Waffe mit für ihn ungewöhnlicher Hingabe und verstaute sie dann mitsamt dem Tuch in der Schublade des alten Küchenbuffets.

Er setzte sich, nahm den letzten Schluck aus der Flasche, stand wieder auf, öffnete die Schublade, griff sich das Küchentuch mit der Waffe darin, kontrollierte die Mausefallen, löschte das Licht und ging über die knarzenden Stufen nach oben ins Schlafzimmer.

Sicher ist sicher, dachte er sich und verstaute die eingewickelte Waffe unter seinem Kopfkissen. Morgen muss sie aus dem Haus. Der Graben hinter dem Haus, das wäre ein guter Platz. Oder hinterm Deich. Aber erst morgen. Das reicht.

2

Dieses leichte Bizzeln! Johann liebte dieses Geräusch. Die meisten Menschen würden nicht glauben, dass er so etwas überhaupt wahrnahm, aber er war stolz auf seine feinen Sinne.

Das Bizzeln der Nescafé-Körnchen, wenn das kochend heiße Wasser auf sie traf im Becher, dauerte nur den Bruchteil einer Sekunde, aber das war für Johann der famose Auftakt in den Tag, die Verheißung von Wärme und Klarheit, mit der das gefriergetrocknete Koffein die Restbestände der sechs abendlichen Biere aus seinem Körper vertreiben sollte.

»Hallo«, tönte eine Männerstimme aus der Diele, während Johann noch den Strudel in seinem Becher betrachtete.

Johann stieß die Küchentür auf und sah wortlos die beiden ungebetenen Gäste an, die schon mitten in seiner Diele standen. Städter, ganz klar, er Mitte vierzig, so eine alberne Jacke mit irgendeinem Yachtclub-Emblem, obwohl der Mann wahrscheinlich nicht mal Bug und Heck unterscheiden, geschweige denn erklären konnte, was eine Vorschot ist; sie vielleicht zehn Jahre jünger, blond, nicht peinlich angezogen, aber irgendwie streng.

»Zentraler Kriminaldienst der Polizeiinspektion Leer/Emden«, so stellten sie sich vor, »Hauptkommissar Martin Beckmann, Oberkommissarin Carola Hartung.«

Das klang bedrohlich, und der Hauptkommissar schaute recht grimmig. Johann konnte nicht ahnen, dass dies rein gar nichts mit der Mission der beiden zu tun hatte, sondern mit dem Umstand, dass der Beamte sich jedes Mal, wenn sie sich vorstellten, darüber ärgerte, dass »Oberkommissarin« nach einem höheren Dienstgrad klang als »Hauptkommissar«. Das war zwar nicht richtig, aber was wussten die Leute denn schon?

Ob Johann jemanden gesehen habe, sie hätten am Ortsrand ein Auto gefunden, und der Fahrer sei verschwunden.

Johann zuckte mit den Schultern, rang sich ein »Nö« ab, die peinliche Segeljacke bedankte sich und machte mit seiner strengen Begleiterin kehrt.

Der Kaffee in der Küche hatte ausgestrudelt. Johann war sauer, sein morgendliches Ritual war von diesen Idioten unterbrochen worden, der Kaffee war nicht mehr so brühheiß, wie er sein musste, sein Start in den Tag war verdorben.

Johann schüttete den Kaffee weg, goss sich einen neuen auf, aber die Freude war nicht mehr dieselbe wie beim ersten Aufguss, das Bizzeln blieb geheimnislos.

Elfi war guter Dinge, die Hühner auch: fünf Eier. Die Waffe musste weg, aber mal nur keine falsche Hast. Johann inspizierte wie gewohnt den Gemüsegarten. Reichlich Kohlrabi, Porree, ein paar Gurken, das Karottengrün machte schon schlapp, dafür gedieh die Friesische Palme prächtig und reichte Johann schon bis zur Hüfte. Johanns zuständiges Hirnareal signalisierte vorfreudigen Appetit: Mit den kühleren Tagen im Oktober würden die Pflanzen in der Krone eine feinkrause Rosette ausbilden, die nach den ersten Frösten süßlich im Geschmack wurde.

In Johann keimte neben Appetit sofort wieder alter Ärger, hatte neulich doch so ein dämlicher Fernsehkoch behauptet, dass Frost überhaupt keinen Einfluss auf den Geschmack von Grünkohl hätte. Was wusste der denn! Aber jeder glaubt den Mist, wenn er erst einmal gesagt ist, grummelte Johann in sich hinein.

Er hatte den Fernseher aus Protest aus- und seither nicht mehr eingeschaltet. Blöd wegen der Tiersendungen, die er so gern sah. Johann rang mit sich, wem sein Fernsehboykott mehr schadete. Vielleicht sollte er doch nicht so streng sein. Aber wehe, es tauchte wieder eine Kochmütze auf, dann könnte er die auf der Stelle – sofort fiel ihm die Waffe wieder ein.

Johann begutachtete noch flink sein Experiment, er hatte die Sorten Niedriger Grüner Krauser und Frosty gekreuzt und auf ein Grünkohlwunder gehofft, aber das Ergebnis war mickrig.

Er sammelte drei Schnecken vom Salat und warf sie über

den kaputten Maschendraht. Johann schaffte es nicht, sie wegen Mundraubs zum Tode zu verurteilen. Aber sie sollten wenigstens mit ihm in einen Wettkampf um das Grünzeug treten. Einen etwas ungleichen Wettkampf, zugegeben.

Die Pappeln neben dem Haus rauschten. Johann schloss die gewohnte Wette mit sich selbst ab, richtete den Blick gen Himmel und war zufrieden: Die Intensität des Laubgeräusches hatte ihn die Windgeschwindigkeit richtig einschätzen lassen. Die Wolken jagten flach über ihn hinweg, die helle untere Schicht schneller als die obere, Nordwest fünf bis sechs, und er wusste genau, wie viel Kraft er würde aufwenden müssen, um an den Deich zu kommen. Lästig, aber es musste ja sein.

Er schwang sich aufs Fahrrad, in der alten Satteltasche das Küchentuch mit dem Revolver. Kaum kam er aus der Deckung des Hauses, spürte er den Nordwest fünf bis sechs schon in seinen Waden.

Er radelte in den Feldweg Richtung Jümme-Deich. Einmal rechtsrum, dann ging es geradeaus. Irgendjemand kam ihm in der Ferne entgegen. Viele Möglichkeiten, wer das sein konnte, gab es nicht. Neben Johanns Hof lagen östlich von Merschmoor nur drei andere Gehöfte.

Johann hatte ein paar Minuten gegen den Nordwest fünf bis sechs angetreten, als er erkannte, dass es die Ahlers war, die ihm auf ihrem Rad entgegenkam. Ausgerechnet, dachte Johann, die schwatzt immer, dass einem die Ohren bluten. Er überlegte kurz, ob er umkehren oder auf irgendeine Weide abbiegen und Arbeit vortäuschen sollte, aber es gab kein Entrinnen, der Weg führte stur geradeaus, links ein kleiner Graben, rechts der Elektrozaun mit Kühen dahinter.

Zu lange überlegt, die Ahlers hatte ihn schon erreicht und steuerte so auf Johann zu, dass er anhalten und absteigen musste. Er ahnte, dass Wilmine ihn nicht sonderlich mochte und für einen seltsamen Eigenbrötler hielt, vermutlich, weil sie seine Reserviertheit spürte. Doch ihr Drang, draufloszuplappern und neuen Tratsch zu verbreiten, siegte über jegliche Befindlichkeit.

Ob er denn schon gehört habe, dass beim Siedenbiedel eingebrochen worden sei, dass die Polizei schon da war und man noch gar nicht wisse, was denn alles gestohlen worden sei. Dabei hätten sie doch gerade erst das Geschäft renoviert. Die arme Meta Siedenbiedel, und so ein Durcheinander im ganzen Laden, furchtbar.

Johann ließ den Redeschwall über sich ergehen, und als Wilmine Ahlers wegen allmählich einsetzender Schnappatmung Luft holen musste, brummte Johann ein »Tja, denn 'nen schönen Tach noch«, schwang sich aufs Rad und umkurvte die irritierte Wilmine Ahlers, die erst einen Bruchteil ihres Tratschvorrats losgeworden war.

Sowenig Johann das Geplappere von der Ahlers sonst interessierte, der Bericht vom Einbruch bei Siedenbiedel brachte ihn jetzt doch zum Nachdenken. War der Siedenbiedel nicht eine mögliche Erklärung für das »H.S.« auf dem kleinen Karozettel gewesen? Aber was würde das dann bedeuten? Sollte der gute alte Heinrich Siedenbiedel den Einbrecher überrascht, mit einem Revolver niedergestreckt und dann mit dem Auto zu Johann verfrachtet haben, um die Spuren zu verwischen? Ausgeschlossen! Oder etwa nicht?

Mittlerweile hatte Johann den Flussdeich erreicht. Eine kleine Gruppe Fahrradfahrer in grellbunten Jacken kam ihm entgegen, alle leicht über ihre Lenker gekrümmt. Einer brüllte seinen Mitradlern etwas zu. Sein Ruf blieb unerwidert.

Milchschafe arbeiteten sich am Deichhang grasend synchron gegen den Wind vor. Der Nordwest zauste an ihrem Fell.

Johann lehnte sein Fahrrad an die Böschung, nahm die eingewickelte Pistole und stieg deichan, in Gedanken noch immer in Siedenbiedels Reich aus Gartenscheren, Fonduebesteck, Schrauben, Glühbirnen und Teegeschirr. Selbst Lebensmittel gab es in dem Krämerladen. Eine Spitzen-Mettwurst.

Johann versuchte, sich einen Gegenstand auszudenken, den

es bei Siedenbiedel nicht gab, und ihm fiel zunächst nichts ein. Ehrgeizig darauf konzentriert, dem Kaufmann doch eine Lücke in seinem Sortiment nachweisen zu können, warf Johann die eingewickelte Pistole in weitem Bogen ins Wasser.

Teewurst!, triumphierte Johann innerlich. Teewurst gab es nicht beim Siedenbiedel. Mettwurst ja, aber Teewurst nein.

Dass es vielleicht nicht so eine gute Idee gewesen war, die Waffe in seinem alten Küchentuch wegzuwerfen und auch nicht an die Gezeiten zu denken, die hier bis in den Flusslauf spürbar waren, daran dachte Johann in diesem Moment nicht.

3

Nicolaj trat fluchend gegen den Kotflügel. Heute lief wirklich alles gründlich schief. Ach was, nicht nur heute, im Grunde seit Wochen und nicht erst, seit dieser verdammte Putin verschwunden war. Jetzt stand er selbst jedenfalls mitten in der Pampa, mit einem Auto, das nicht mehr fuhr.

Die Idee, an der Tankstelle ein Auto zu klauen, das mit geöffneter Tür und Schlüssel im Zündschloss dastand, war ihm als geradezu genialer Plan erschienen, für den er sich selbst am liebsten auf die Schultern geklopft und in den Ganovenolymp aufgenommen hätte. Wahnsinnig raffiniert: kein mühseliges Aufbrechen, niemand, der einen beobachten konnte. Einfach den richtigen Moment abpassen, reinspringen, anlassen und weg. Todsicher. Eigentlich.

Das Einzige, worauf Nicolaj sein Augenmerk vor lauter Begeisterung über den Plan nicht gelegt hatte, war der Umstand, ob der Eigentümer des Wagens bereits getankt hatte.

Jedenfalls hatte Nicolaj zielsicher das Auto eines Menschen erwischt, der unsinnigerweise vor dem Tanken in die Tankstelle gegangen war, um sich ein Getränk, ein Eis oder etwas anderes vollkommen Überflüssiges zu kaufen.

So war Nicolaj mit quietschenden Reifen mit einem Ford Focus davongebraust, der noch genau drei Komma vier Liter Diesel im Tank hatte. Die waren nach achtunddreißig Komma sieben Kilometern aufgebraucht. Der Wagen begann zu zuckeln und zu ruckeln, Nicolaj rührte mit der Schaltung und klopfte aufs Armaturenbrett. Aber es half alles nichts, der Wagen rollte langsam und nahezu tonlos aus, nachdem der Motor den Dienst quittiert hatte, das hohe Gras an der rechten Straßenböschung machte ein leises, schleifendes Geräusch an der Karosserie.

Als Nicolaj die Tür öffnete, hätte er vor lauter Stille um sich herum die Lerche hören können, die weit über ihm in der Luft stand und sang – wenn Nicolaj denn in dem Moment Sinn und Aufmerksamkeit dafür gehabt hätte.

Eigentlich war er ein großer Naturfreund, aber seine Laufbahn hatte ihn immer weiter von der Natur fortgetragen, und die Zeiten, in denen er Lachs fischen ging, abends Feuer machte und auf den Fluss vor seinem Heimatdorf schaute, schienen aus einem anderen Leben zu stammen.

Nun war er also hier, keine Lachse weit und breit und, im Moment viel schlimmer, auch keine Tankstelle. Nicolaj konnte sehen, so weit das Auge reichte, in der Ferne ein paar Häuser, Kühe, alles mehr oder weniger stecknadelkopfgroß, also ziemlich weit weg.

Er hatte immer geglaubt, in seiner Heimat sei alles unendlich weitläufig gewesen, aber dieser Landstrich stand seinem Zuhause darin nicht nach: nichts, was dem Blick bis zum Horizont ernstlich Halt oder Widerstand geboten hätte. Hier und dort große Bäume, die aber winzig wirkten, noch winzigeres Gebüsch, hingetupfte Kühe, Zäune und ziemlich viele Gräben, aber das alles verlor sich vollkommen unter dem Phänomen, das er seit seiner Kindheit kannte: dass der Himmel unendlich viel größer war als das Land, über das er sich spannte.

Nicolaj riss sich aus seinen melancholischen Betrachtungen. Es half alles nichts. Er schnappte sich seinen kleinen Koffer vom Beifahrersitz, warf die Tür des Wagens zu und stapfte die Straße entlang, durchaus in dem Bewusstsein, eine etwas lächerliche Figur abzugeben mit seinem Köfferchen auf einer gottverlassenen Landstraße, zumal wenn man in Rechnung stellte, dass er sich selbst eigentlich als aufstrebende Größe in der organisierten Kriminalität verstand, geradezu als künftigen Paten, auch wenn die Organisation noch am Anfang stand.

Ziemlich am Anfang.

4

Johann beschloss, sich den Schaden bei Siedenbiedel aus der Nähe anzusehen. Vielleicht würde ihn das ja schlauer machen, was den unbekannten Toten in seiner Scheune anbelangte.

Viel Hoffnung hatte er zwar nicht, aber irgendetwas zog ihn dennoch zu Siedenbiedels Laden. Schließlich hatte er ja sonst keinerlei Anhaltspunkte, und so einfach zu seiner lieb gewonnenen Tagesordnung übergehen, wenn er gerade eine Leiche verscharrt und eine Mordwaffe entsorgt hatte, das konnte Johann dann doch nicht.

Seine Tagesordnung bestand überwiegend aus perfektioniertem Müßiggang. Was er zum Leben benötigte, gaben seine Hühner und der geduldige Boden her. Nur wenn er etwas anderes brauchte, radelte er zu Siedenbiedel. Und heute brauchte er eben ein paar Hinweise.

Johann erreichte das Dorf. Er passierte das Ortsschild von Merschmoor, das sich in einem ähnlichen Winkel neigte wie die vom Wind in Jahrzehnten gebeugten Bäume – nur dass das Ortsschild seine Neigung der nächtlichen Trunkenheitsfahrt eines Unbekannten verdankte. Polizeiobermeister Busboom hatte jedenfalls nie einen Verantwortlichen ausmachen können.

Johann rüttelte auf seinem Rad über das Kopfsteinpflaster vorbei an Reents für immer verschlossener Gaststätte und am Friedhof, auf dem weit mehr Menschen lagen, als im Dorf noch wohnten. Zehn Häuser weiter war schon Siedenbiedels Laden am Ortsausgang in Sicht.

Als Johann sich dem Laden näherte, stand Wilmine Ahlers mit Meta Siedenbiedel davor und tratschte.

Der Blick der Ahlers fiel auf Johann, und mit einem verächtlichen Kopfnicken machte sie Meta Siedenbiedel auf ihn aufmerksam. Vermutlich beschwerte sie sich gerade über Johanns unverfrorene Kommunikationsverweigerung auf dem Feldweg.

Johann umkurvte die beiden weiträumig, während er, um sich keiner Unhöflichkeit schuldig zu machen, zum Gruß den Zeigefinger der linken Hand etwa drei Zentimeter vom Lenker hob, was ihm selbst fast schon übertrieben jovial erschien.

Er lehnte sein Fahrrad an die Klinkerwand des Ladens, aus dessen offener Tür polternde Geräusche und Gemurmel drangen. Durch die beiden großen Schaufenster, die den Eingang flankierten, war nichts Ungewöhnliches zu erkennen. Sie spiegelten uralte Eichen, viel Weidefläche und noch mehr Himmel und davor zwei schwatzende Frauen.

Johann nahm bedächtig die zwei Stufen und verharrte in der Tür.

Drinnen kämpfte sich Heinrich Siedenbiedel durch ein enormes Gewirr aus Besenstielen, Plastikwannen und umgestürzten Wäscheständern und fluchte vor sich hin.

Johann nahm er überhaupt nicht wahr. Der lehnte sich gegen den Türrahmen und betrachtete den aufgebrachten Ladenbesitzer eine Weile.

»Moin«, machte Johann sich bemerkbar.

Heinrich Siedenbiedel blickte auf und unterbrach kurz seine gemurmelten Verwünschungen.

»Moin«, erwiderte er, dann kramte und fluchte er weiter, stapelte Wäschekörbe und verhedderte sich heillos in drei ineinander verkeilten Wäscheständern, Modell »Pegasus 200«.

»Ganz schönes Durcheinander«, lieferte Johann als Vorlage, um Details über den Einbruch zu erfahren.

»Kannst du wohl sagen«, lautete die enttäuschende Replik.

Johann wartete, ob noch etwas folgte, aber als klar war, dass Heinrich Siedenbiedel heute noch weniger zum Plaudern aufgelegt war als sonst, brach er seinen investigativen Vorstoß ab.

»Na denn …«, war sein letzter Versuch, den Ladenbesitzer dazu anzustiften, etwas preiszugeben, aber der nahm Johanns Äußerung gar nicht zur Kenntnis. Er hatte einen »Pegasus 200« aus dem Gewirr herausgelöst und prüfte, ob der Blessuren davongetragen hatte.

»Schönen Tach noch«, sagte Johann und drehte sich langsam um.

»Ebenso«, antwortete Heinrich Siedenbiedel abwesend mit Kaufmannsroutine.

Johann schwang sich auf sein Rad und lenkte das Gefährt wieder um die beiden Damen herum, die sich etwas so Wichtiges zu sagen hatten, dass sie halb flüsternd die Köpfe einander zubeugten.

»Atomharnpolizei …« oder etwas Ähnliches wehte von Wilmines Geheimnissen zu Johann herüber. Er konnte sich keinen Reim darauf machen und ließ es auch bleiben.

Hätte er »Auto«, »Harm« und »Polizei« korrekt verstanden, wäre er keinen Deut schlauer gewesen.

***

Johann nahm eine andere Route als auf der Hinfahrt und bog in den kleinen Weg ein, der am Bach entlangführte. Es war böiger geworden, und der Wind hatte leicht gedreht. Das Erlengebüsch an der Böschung würde den seitlichen Gegenwind halbwegs abhalten. Gute sechs, jetzt Nordnordost, sagten Johann seine Waden.

In einiger Entfernung stand ein Auto am Wegrand. Als er näher kam, sah Johann, dass es ein alter BMW war. Ganz schön alt sogar. Siebziger Jahre vielleicht, so genau konnte er es nicht sagen, Johann war kein Autofreak. Die Farbe war jedenfalls aus der Zeit. Sein Vater hatte einen Bauerndiesel in Dunkelgrün gehabt, aber Städter fuhren zur selben Zeit gern genau dieses Cremeweiß, das erinnerte er aus den seltenen Einkaufsfahrten in die gefühlte Weltmetropole Leer.

Schönes Auto, dachte er, und als er noch näher kam: komisches Kennzeichen. WRN, noch nie gehört, keine Ahnung, wo der herkam. Den Wagen hatte er in der Gegend noch nie gesehen.

Johann stieg ab, legte sein Rad hinter dem Auto auf den Sandweg und lugte in das Innere des Wagens. Es gab nicht viel zu sehen, eine alte Zeitung auf dem Rücksitz, die schon ziemlich ausgeblichen war, am Innenspiegel baumelte ein Plastikblumenstrauß.

Das musste das Auto des Vermissten sein, nach dem der Leichtmatrose von der Kripo gefragt hatte. Johann versuchte, ob sich die Türen öffnen ließen, aber sie waren verschlossen. Seltsam, wer stellte seinen Wagen hier ab? Das Wetter lud schon seit Längerem nicht gerade zu Spaziergängen ein.

Johann umrundete den Wagen einmal, ohne etwas Auffälliges zu entdecken. Er bückte sich, um sein Fahrrad aufzuheben, als sein Blick auf die Typenbezeichnung am Heck des Wagens fiel. »1602« stand da. Johann stockte.

Das war doch die Zahl auf dem Zettel aus der Tasche des Toten.

5

Enno Osmers war gerade zu seinem Mittagsschläfchen eingenickt, als die Türklingel ihn aufschreckte. Enno brauchte einen Moment, um zu realisieren, dass er gar nicht gemeinsam mit freundlichen Kamerunschafen, die allesamt in gelbes Ölzeug gekleidet waren, auf Segeltörn war, sondern mit unangenehm abgeknicktem Nacken auf seinem abgewetzten Sofa in der Küche lag.

Er rappelte sich auf, ging auf Socken Richtung Tür und sah durch das Küchenfenster den gelben Lieferwagen der Paketpost vor dem Haus stehen.

Enno beschleunigte seinen Schritt, als es zum zweiten Mal läutete. Er trat in den Wassernapf für den Hund, fluchte und öffnete mit nasser Socke die Tür.

»Moin«, sagte der Postmann gedehnt und drückte damit aus, wofür man anderswo einen ganzen Satz gebraucht hätte: »Na, das hat ja ganz schön gedauert, was hast du denn gemacht? Nickerchen?«

Enno setzte zur Antwort an, zögerte sie einen Moment hinaus und entgegnete kurz und leise »Moin«.

Damit waren Eingeständnis und Entschuldigung ausreichend und unmissverständlich formuliert.

»Post«, sagte der Postmann, auf den Erfolg seines Scherzes lauernd, während er ein mittelgroßes Päckchen hinter seinem Rücken hervorzauberte.

Zu seiner Enttäuschung war Enno so auf das Päckchen fixiert, dass er den Scherz gar nicht würdigte. Er riss es ihm förmlich aus der Hand.

»Na, was zum Aufblasen?«, rächte sich der Postmann für Ennos Ignoranz und hielt ihm das elektronische Kästchen für die Empfangsbestätigung unter die Nase.

Geistesabwesend lächelnd krakelte Enno irgendetwas auf das für seine Unterschrift viel zu kleine Display, drehte mit dem

Päckchen ins Haus ab und murmelte noch ein »Danke!«, bevor die Tür ins Schloss fiel.

Auf der karierten Wachstischdecke des Küchentischs schlitzte Enno den Karton mit drei sauberen Schnitten auf, öffnete ihn und hielt einen Moment inne. Dann zog er die Styroporverpackung heraus, entfernte die Schaumstoffteile und legte das verpackte Gut frei.

Es war noch in eine Plastikfolie gehüllt, aus der Enno es jetzt herauszog, und dann hielt er ihn in Händen: den »Night Max M5 High Performance«.

Ein Nachtsichtgerät der Spitzenklasse, wenn man den Versprechungen des Herstellers glauben durfte.

Enno holte sein Fotostativ und seine DV-Kamera, die er in Erwartung der Paketsendung schon bereitgelegt hatte, und machte sich daran, den »Night Max« auf das Stativ zu schrauben und mit der Kamera zu verkabeln.

Binnen weniger Minuten hatte Enno seine Überwachungseinheit einsatzbereit gemacht. Er warf einen prüfenden Blick gen Himmel. Zu ärgerlich, dass es noch hell war.

Seine Stimmung hob sich, als der Blick auf seine Tiere fiel. Versonnen betrachtete er die kleine Herde Kamerunschafe, die sich hinter dem Haus in einheitlichem Tempo über den Rasen fraßen. Er war sehr zufrieden, dass er sich für sie entschieden hatte. Endlich. Als »anspruchsloses, widerstandsfähiges Landschaf mit Haarkleid« hatte der Händler die Rasse angepriesen. Das hatte Enno überhaupt nicht interessiert, er fand sie einfach hübsch in ihrem kastanienbraunen Fell, seit er sie als Kind auf einer Tierschau gesehen hatte. Sie waren anders als die anderen, das hatte ihm gefallen.

»Schafe, die keine Wolle geben, was is'n das für'n Blödsinn«, war die Reaktion seines Vaters gewesen auf den zaghaft geäußerten Wunsch, ein Kamerunschaf als Haustier anzuschaffen. »Und ein einzelnes schon mal gar nich.«

Mehrere aber auch nicht. Damit war das Thema dann vom Tisch.

Enno beobachtete seine Herde. Der Bock hatte Hörner, die ihn an sein Sternzeichen erinnerten.

Nur eine Perspektive sah Enno ganz klar schwinden: Eigentlich hatte er beim Kauf der kleinen Herde ja geplant, sein dürftiges Einkommen aus der Landmaschinenreparatur aufzubessern, indem er hin und wieder ein Schaf dem Schlachter verkaufen würde. Aber inzwischen trugen alle Namen, und Enno war längst klar, dass er das nie übers Herz bringen würde.

Die Tiere würden bei guter Fürsorge wohl mit ihm gemeinsam alt werden, und eines Tages würde sein Hof ein Schafaltersheim sein mit einem betagten Pfleger.

Enno richtete das Objektiv des Nachtsichtgerätes aus dem Küchenfenster, dorthin, wo jetzt gerade die Schafe grasten, und wartete auf die Dämmerung.

6

Es war ein ohrenbetäubender Knall.

Der achtjährige Malte Broers schrie kurz auf und brach in Tränen aus, sein zwei Jahre älterer Bruder Heiner saß wie versteinert da.

Ihre Mutter stürmte die Treppe hinauf und riss die Tür zum Kinderzimmer auf, die vor wenigen Sekunden von einer Kugel vom Kaliber .45 durchschlagen worden war.

Zitternd saß Heiner da, in der Hand einen Revolver. Auf dem Bett neben Heiner lag das schmuddelige Küchentuch, in das die Waffe eingewickelt gewesen war.

Die Jungs hatten sie bei Niedrigwasser im Schilf gefunden. Malte hatte das schmutzige Bündel zuerst entdeckt. Heiner hatte daraufhin den jüngeren Bruder in den Matsch kommandiert, um den Fund zu bergen.

Als sie das Tuch öffneten und den Revolver sahen, durchfuhr beide Jungs ein Schauer, in dem sich Abenteuerlust und Angst mischten.

Sprachlos begutachteten sie das kostbare Fundstück, bevor Heiner es schnell wieder in das Tuch wickelte und in seinen Hosenbund zwängte. Viel zu gefährlich schien es ihnen, offen mit der Waffe zu hantieren. Sie beschlossen, sie mitzunehmen und zu Hause näher zu untersuchen.

»Vielleicht ist jemand damit umgebracht worden«, mutmaßte Malte.

»Blödsinn«, antwortete Heiner.

»Und wieso liegt sie dann im Schilf?«

Darauf wusste Heiner auch keine gute Antwort.

»Vielleicht hat sie jemand da versteckt und will sie sich später wiederholen«, spekulierte Malte weiter.

»Und vielleicht hat der uns jetzt beobachtet und weiß, dass wir die haben und –«

»Blödsinn. Und Schnauze jetzt. Kein Wort jetzt mehr über das Ding«, fuhr Heiner seinen kleinen Bruder an.

Der trottete mit matschigen Schuhen hinter seinem Bruder her, während in seinem Kopf unrasierte Schurken das Schilf auf der Suche nach dem Revolver durchstöberten.

7

Nicolaj fühlte sich, als wäre er schon Tage unterwegs. Die Füße wurden schwer, und er stieß Verwünschungen in seiner Muttersprache aus, die in keinem Wörterbuch standen. Dieser verfluchte sibirische Fischkopf, dieser dämliche. War das nötig? Dass er, der künftige Pate, jetzt durch irgendeine wildfremde Einöde stolperte, über morastige Wiesen und rostige Stacheldrahtzäune?

Diese Abkürzungen waren auch keine Lösung, am Ende stand er nach endlosem Slalom um Kuhfladen vor irgendeinem elenden Fleet und kam nicht weiter. Der Sprung über die Gräben war schon einmal schiefgegangen, davon kündete die Kniepartie seines nicht mehr ganz patenhaften Anzugs.

Nicolaj konstatierte resigniert die Endlichkeit seiner Sammlung russischer Schimpfworte, als sein Weg wieder vor einem Graben endete.

Er war auf der Suche nach seinem Kompagnon, ohne die leiseste Ahnung, wo er anfangen sollte zu suchen.

Jetzt hatte der sich schon sechs Tage nicht mehr gemeldet, und Nicolaj war zwar sicher, ein knallharter Boss sein zu können, aber er war eben auch ein fürsorglicher Mensch, der sich um seinen sibirischen Fischkopf sorgte.

Vladimir Iljitsch Putenkow, genannt Putin, schien ihm ein bisschen zu weich für das Geschäft zu sein, die Befürchtung hatte er von Anfang an gehabt, aber in einer Art Schicksalsgemeinschaft hatten sie zusammengefunden, um sich leise aus der Szene der Berliner Russenmafia zu verabschieden.

Putin war ein noch größeres Landei als er selbst, der stammte aus einer Gegend, in die Forscher in den knappen acht Wochen Sommer mit Helikoptern und riesigen Schlauchbooten gereist kamen, um Mammutknochen, die aus dem ewigen Eis des Permafrostbodens auftauten, zu erforschen und zu katalogisieren.

Putin war nicht blöd. Als einer von wenigen hatte er es geschafft, der Ödnis nahe des Polarkreises zu entrinnen, dem nördlichsten Zipfel Festland der Welt, aber er war eben auch nicht sonderlich geschult in sozialen Dingen. Wie auch, wenn man aus einer Gegend stammte, in der die Population der Rentiere die der Menschen um ein Vielfaches überstieg?

Über Bekannte war er nach Berlin gelangt und dort auf Nicolaj getroffen, der sofort Sympathie für den scheuen Neuen hegte. Er selbst war ein halbes Jahr zuvor in die große Gemeinschaft der nach der Wende nach Berlin gezogenen Russen gekommen, allerdings genauso wie dann Putin auf die dunkle Seite geraten.

Sie wurden *wory w sakone*, »Diebe im Gesetz«, Mitglieder einer streng hierarchisch gegliederten Organisation. Man half sich, aber eine Gefälligkeit wollte durch eine andere ausgeglichen werden, und bald fand sich Nicolaj in der Rolle eines Kuriers und Geldeintreibers wieder. Putin sah er denselben Weg gehen.

Sie wurden schlecht behandelt, und ihr Stolz sagte ihnen schnell, dass das so nicht weitergehen konnte. Gelernt hatten sie nichts, mit Lachsfischen kamen sie in Berlin nicht weiter, und so sponnen sie einen Plan, der großartig klang, Reichtum versprach und Unabhängigkeit und die triumphale Rückkehr in die Heimat als Lachszüchter im ganz großen Stil. So weit die Pläne.

Und nun war Putin schon in Phase A von Nicolajs Masterplan verschwunden. Das musste nicht, konnte aber Ungutes heißen, und Nicolaj hoffte inständig, seinen Kumpel bald nach einem kräftigen Schlag auf den Hinterkopf, den er sich mehr als verdient hatte, wieder in die Arme schließen zu können.

8

Es klang wie der Laut einer missmutigen Kuh. Das Telefon vibrierte auf dem Resopaltisch neben lange nicht geöffneten Akten. Ohne die Sitzposition zu ändern, blickte Hauptkommissar Beckmann von seiner Zeitungslektüre auf. Seine im Außendienst vorgetragene Dynamik hatte er zusammen mit der Segeljacke, die nun über der Stuhllehne baumelte, abgelegt. Beckmann reckte schildkrötenartig den Hals, um einen Blick auf das Display zu erhaschen.

Das war doch dieser dämliche Dorfpolizist! Gut, dass er dessen Nummer gleich abgespeichert hatte. Er war einfach ein cleverer Hund! So konnte er sich eine Menge unliebsamer Anrufe vom Hals halten, indem er sie einfach nicht beantwortete. Das meiste erledigte sich ohnehin von selbst. Wenn er wusste, wer dran war, konnte er entscheiden, mit wem er sprechen wollte. Eigentlich wollte er mit niemandem wirklich sprechen, wenn er so recht darüber nachdachte.

Angespannt blickte Beckmann zur Tür, ob seine Kollegin ins Büro kommen würde und er den Anruf schnell würde wegdrücken müssen. Lieber würde er es klingeln lassen. Ein erfahrener Anrufer ahnte wohl, wenn er weggedrückt wurde. Aber der Dorfsheriff würde wahrscheinlich nicht mal das merken.

Die Klagen der Kuh erstarben, bevor die Tür sich öffnete.

Was konnte der schon gewollt haben? Wahrscheinlich war eine Milchkanne geklaut oder ein herrenloses Fahrrad gefunden worden, ätzte Beckmann in sich hinein.

Er vertiefte sich wieder in den Artikel über die unregelmäßige Postzustellung im Bezirk Leer.

Ohne hinzusehen und nachzudenken, führte er den rechten Zeigefinger zum Blumentopf halb rechts vor sich, um den Feuchtigkeitsgrad der Erde im Topf zu erfühlen. Eine Angewohnheit, mittlerweile schon eine alte.

Es war ein Geldbaum, Crassula ovata, wie Beckmann gern

ungefragt dozierte. Seine verstorbene Mutter hatte ihm die Pflanze als Verheißung auf Beförderung und Wohlstand geschenkt.

Das war vor vielen Jahren gewesen, und Beckmann pflegte die Pflanze seither gewissenhaft, wenn auch mit schwindender Geduld, und, noch schlimmer, mit ebenso schwindender Zuversicht, dass das Gewächs ihm endlich wenigstens zu Besoldungsstufe A12 verhelfen würde.

9

Nun standen sie da am Deich der Jümme, mit hängenden Köpfen. Bei ihren Eltern hatte die Freude über die Unversehrtheit der beiden nicht lang angehalten und war beträchtlichem Ärger über deren Unvorsichtigkeit gewichen.

Malte und Heiner ließen also die Köpfe hängen, weil sie es für angebracht hielten, Demut zu zeigen. In ihrem Innersten frohlockten sie, durch ihren spektakulären Fund im Mittelpunkt zu stehen.

Um das Grüppchen aus Jungs, Eltern und einem rundlichen Polizeiobermeister drängte sich eine für die dörflichen Verhältnisse enorme Schar an Schaulustigen. Man hätte leichter aufzählen können, wer sich *nicht* am Deich eingefunden hatte.

Natürlich gehörte Wilmine Ahlers nicht zu den Fehlenden. Ärgerlicherweise hatte sie keinen Platz in den vorderen Reihen mehr bekommen, und so reckte sie nun ihren Hals, um einen möglichst guten Blick auf die Ortsbegehung zu erhaschen.

Oben auf dem Deich blieben einige Radfahrer stehen, die den Auflauf am flusszugewandten Deichfuß neugierig betrachteten. Vermutlich Urlauber, die abseits der Hauptsaison ihre Zeit damit verbrachten, sich im steten Gegenwind – und es war egal, in welche Richtung man fuhr, der Wind kam immer von vorn – abzustrampeln.

Von den Einheimischen hatte dafür keiner Verständnis, auch wenn sie sich mit unterschiedlichem Erfolg bemühten, den Fremden freundlich zu begegnen. Vielen schien allerdings der Aufwand, Freundlichkeit an den Tag zu legen, in einem krassen Missverhältnis zu stehen zu dem Erlös, den man von den Fremden erwarten konnte. Ganz doof waren die Friesen ja auch nicht, da sollte man mal bloß nicht zu sehr den abgedroschenen Witzen glauben. Diese Art von Urlaubern war nicht die, die viel Geld in den Pensionen und Kneipen ließ. Die kamen mit dem Wohnmobil und nahmen sogar ihre Mettwurst von dort mit, wo sie noch Salami hieß.

POM Busboom ließ sich von den Jungs hinterm Deich zeigen, wo sie die Waffe gefunden hatten. Zur Sicherheit hatte er geprüft, ob auch keine Patronen mehr in der Trommel waren. Er sah sich als einen mit allen Wassern gewaschenen alten Hasen. Dass die Waffe allerdings unter Umständen ein Fall für die Spurensicherung sein könnte, kam ihm etwas spät in den Sinn.

In einem der Selbstgespräche, die er schon als Kind zu führen pflegte, wischte er flugs seinen eigenen Einwand fort: Es war ohnehin schon längst zu spät. Jede Menge Kinder- und Polizeiobermeister-Fingerabdrücke würden eine Untersuchung unsinnig machen.

Malte und Heiner zeigten mit größtmöglicher Umständlichkeit den Fundort, korrigierten sich gegenseitig, wenn es um die Position der Waffe ging, justierten sie um einige Grade und Zentimeter hin und her, um die Minuten ihrer allergrößten Wichtigkeit endlos zu dehnen.

Polizeiobermeister Busboom hatte auch das Tuch dabei, in das der Revolver eingewickelt gewesen war, und als es ihm von der Schulter rutschte, über die er es sich lässig geschwungen hatte, griff es sich einer der Schaulustigen aus der ersten Reihe, und schnell machte es die Runde unter den Umstehenden.

Mit spitzen Fingern wurde der schmuddelige Lappen weitergereicht, halb angeekelt, halb fasziniert, ein Stück Stoff zu berühren, das möglicherweise mit einem Kapitalverbrechen zu tun hatte.

Es wurden Vermutungen getuschelt, wem Tuch und Waffe wohl gehören mochten. Das Stück Stoff war augenscheinlich nicht erst im Schilf so dreckig geworden. Die Spuren deuteten auf ausgiebigen Gebrauch in einem Haushalt hin, stellten die versammelten Amateurdetektive übereinstimmend fest.

Doch wer würde einen so ekligen Lappen überhaupt benutzen, ohne ihn je zu waschen? Im Dorf legten schließlich alle Wert auf Ordnung und Reinlichkeit!

Alle?

Es war Wilmine Ahlers, die messerscharf schlussfolgerte, wem das Tuch und damit der Revolver nur gehören konnten: »Johann!«

10

Es wollte einfach nicht dunkel werden. Aber hell auch nicht so richtig, schon den ganzen Tag nicht. Der Himmel hing tief und tauchte das Innere der Häuser in eine endlose Dämmerung.

Enno hatte es sich in seiner Küche auf dem Sofa bequem gemacht. Auf dem Boden neben sich eine vor Kälte beschlagene grüne Bierflasche mit goldenem Etikett, unter dem Lichtkegel der stoffbespannten Stehlampe das antiquarisch erworbene Werk »Schafe. Eine Anleitung zur Züchtung, Haltung und Nutzung mit 57 Abbildungen« aus dem Deutschen Landwirtschaftsverlag.

Enno nahm einen Schluck, sabberte aufgrund seiner verqueren Liegehaltung ein wenig, setzte sich aufrecht und schlug das Buch auf. Er überflog das Inhaltsverzeichnis, schaute genauer und musste feststellen, dass dieses als Standardwerk gepriesene Bändchen im Kapitel »Schafrassen« seine Haarschafe mit keiner Silbe würdigte! Das war eine große Enttäuschung.

Mürrisch blätterte Enno in dem Buch herum. »Schafkrankheiten«, nee, lass mal, pfui Deibel, das war ja wie mit der Apothekenzeitung, kaum las man über etwas, hatte man das Gefühl, dass es überall juckte, die Leber zwackte, und war da nicht schon länger dieser seltsame Ausschlag?

Enno blieb beim Kapitel »Brunst und Deckakt« hängen. »Da mit zunehmender Belastung des Bockes die Ejakulatmenge und die Befruchtungsfähigkeit abnehmen, sollten nur 2 bis 4 Deckakte pro Tag zugelassen werden.« Donnerwetter! »Mit zunehmendem Alter des Bockes nimmt der Geschlechtstrieb ab.« Hm. Unwillkürlich drängten sich Enno Parallelen auf. Betrübt ließ er das Buch sinken. Aber war es eben nicht einfach der Lauf der Natur und geradezu ein Privileg des alternden Bocks, in diese natürliche Phase der Ruhe einzutreten? Der äußeren wie inneren Gelassenheit?

Halbwegs besänftigt lehnte Enno sich zurück. Er legte den Kopf in den Nacken, seine Augenlider flatterten.

Nach einer Weile folgte der Kopf der Schwerkraft und sackte nach vorn. Der Ruck ließ Enno die Augen noch einmal kurz öffnen, dann flackerten sie wieder zu. Ennos Kinnmuskulatur entspannte sich, sein Gesicht bekam einen etwas dämlichen Ausdruck.

Verschwommen sah Enno ein Kind, es trug das gleiche Karohemd wie er selbst bei seiner Einschulung und kurze Hosen. Es hüpfte ausgelassen zwischen Schafen umher und sprach: »Ich melk dich, Schäflein auf der Weiden!«

Doch das Schäflein sprach: »Ich trete dich, dass du ewig denkst an mich.«

Letzteres geschah in einer Art Großaufnahme, und das Schaf schaute recht übellaunig drein.

Mit einem Schnarcher, der mehr ein Grunzer war, schreckte Enno hoch und versuchte, diesen Traum abzuschütteln, der sich womöglich noch in eine ganz finstere Richtung entwickeln könnte. Auf gar keinen Fall wollte er schlechte Erlebnisse mit Schafen haben, noch nicht einmal im Traum.

Geschweige denn in Wirklichkeit.

11

Johann erhob sich ächzend von einem alten Melkschemel, auf dem schon lange niemand mehr gemolken hatte. Er hatte sich wortkarg mit seiner Sau Elfi über die Ereignisse des Tages ausgetauscht, wobei Elfi es fertigbrachte, noch wortkarger als Johann zu sein.

Er hielt sich am hölzernen Verschlag des Schweinekobens fest und betrachtete das Tier. Sein Daumen spielte mit einer kleinen Schramme im Holz, die neben all den anderen Kerben, Furchen und Rissen nicht weiter auffiel. Aber sie hatte eine Geschichte.

Johann hatte immer Musiker werden wollen, aber keine Ahnung gehabt, wie er das hätte anstellen sollen. Oft war er mit seinem »Hercules«-Fahrrad zum »Musikladen« nach Logabirum gefahren und war durch den Laden geschlendert.

Der Verkäufer mit der immer gleichen Fellweste und den ebenso schütteren wie langen Haaren kannte ihn mittlerweile schon und ahnte wohl, dass Johann vermutlich nie etwas kaufen würde. Trotzdem entbot ihm der Mann jedes Mal ein »Moin« der aufmunternden Sorte. Vielleicht würde er den Jungen ja doch noch auf den Pfad der musikalischen Selbstverwirklichung führen können.

Nicht, dass es an Johann gelegen hätte, selbst das Geld hätte er irgendwie zusammenkratzen können, aber seine Eltern hielten das alles für Zeit- und Geldverschwendung. Der Letzte im Dorf, der ein Instrument gespielt hatte, war irgendwann hängend an einem Dachbalken gefunden worden. Musik war eben etwas für Melancholiker oder machte die Leute sogar erst dazu.

Jedes Mal strich Johann um zwei Instrumente herum, die es ihm angetan hatten. Und immer bevor er den Laden betrat, hoffte er inständig, dass sie noch da sein würden. Es waren zwei Ibanez-Gitarren, baugleich, es gab sie in Schwarz und in Natur. Beide waren gebraucht und heruntergesetzt.

Ibanez, das klang nach ungefähr so weit weg, wie er wollte. Es klang nach Spanien oder sogar Südamerika, Sonne, Exotik …

Unter Johanns gitarrenklangbegleiteten Phantasien wurde langsam der Regler mit der Stimme des Dünnhaarigen hochgezogen.

»… werden seit den dreißiger Jahren in Japan gebaut«, riss der ihn aus seinen Träumen.

Japaner und Ibanez? Wie ging das denn zusammen?

Der Fellbewestete, der Johanns Entgeisterung spürte, lenkte sofort um. Er führte ins Feld, dass George Benson einer der großen Anhänger der Instrumente sei.

Da war Johann wieder ganz dabei. George Benson! Der so sanft und funky zugleich spielen konnte! Er hatte ihn in Michael Nauras »NDR Jazzclub« gehört, der nachts aus dem kleinen Transistorradio krächzte.

Eines Tages betrat Johann den Laden, die freundliche Fellweste sang ihm ihr »Moin« in einem klaren C-Dur entgegen, und der Mann war Musiker genug, um in Johanns Replik eine Nuance mehr Zuversicht als sonst auszumachen: Sein »Moin« stieg klar von unten auf, ebenfalls ganz Dur.

Der Verkäufer ließ Johann Zeit, aber spürte, dass ihn auf den ersten Metern im Laden schon wieder der Mut verließ. Der Mann wusste, dass er etwas würde tun müssen.

»Na, heute?«, fragte der Dünnhaarige sanft.

Es entspann sich ein wortarmer Dialog, Johann fragte das Nötigste. Er war kein großer Händler, der Verkäufer aber auch nicht, und so fixierte Johann wenig später die Gitarre vorsichtig mit einem Expandergurt auf dem Gepäckträger seines Fahrrads. Es war die naturfarbene geworden. Die regenfeste Gitarrentasche hatte der Verkäufer ihm geschenkt.

Vorsichtig wie noch nie lenkte Johann sein Rad Richtung elterlicher Hof.

Er ließ sich nur kurz in der Küche zum Abendbrot nieder, das wie immer wortlos vonstatten ging. Das Geräuschvollste waren die Fliegen, die sich um einen freien Platz auf der Butter drängten, rhythmisiert vom Pendel der Wanduhr. Aus der Diele drang das Muh der Kuh.

Johann stürzte seine Milch herunter, erhob sich unter mürrischem väterlichen und sorgenvollem mütterlichen Blick und schlappte hinaus in die Diele. Dort beschleunigte er seinen Schritt, eilte in die Scheune, griff sich die dort versteckte Ibanez und setzte sich auf einen Melkschemel.

Er zündete sich eine Zigarette an und begann, auf der Gitarre herumzuzupfen. Spielen konnte er ja nicht. Noch nicht. Er hatte nicht die leiseste Ahnung, dass er in diesem Moment aussah wie der sehr junge Bob Dylan.

Ihm gelang der erste Akkord, und er versuchte, ihn sauber zu wiederholen – da flog mit einem Schlag die Tür des Stalls auf. Der Vater stand in der Türöffnung und versuchte, einen der vier Johanns, die vor ihm saßen, zu fixieren.

Er ging, vermutlich da er sich nicht entscheiden konnte, welches der richtige war, schlingernd auf alle vier zu. Er erwischte den richtigen und griff sich dessen Gitarre. Er holte kurz aus und zerschmetterte das Instrument ohne Aufhebens auf dem Rand des Holzverschlags, der den Schweinekoben umgab.

Der Korpus und der Hals barsten sofort, die Ibanez wurde zu Kleinholz aus Fichte und Mahagoni. Der Kopf der Gitarre zwirbelte an den Saiten durch die Luft, er traf den Vater schmerzhaft im Gesicht. Der kam Johann so nahe, dass der den beißenden Doornkaat-Atem seines Erzeugers spürte und sofort darauf auch dessen Hand: Der Vater verpasste ihm eine solche Ohrfeige, dass Johann ebenfalls gegen den Koben schlug und seine brennende Zigarette im weiten Bogen ins Stroh flog.

Johann rappelte sich auf, suchte den glimmenden Stummel, trat ihn aus, und bevor er sich besinnen konnte, war der Spuk vorbei, der Vater davon, und vor ihm lag ein durch sechs Saiten nicht mehr wirklich zusammengehaltenes Häuflein Holz.

Lange her. Johann verließ Elfi, die Erinnerungen würden wohl mit in die Küche kommen. Die Schuhe von Gummi auf Filz, Johann verharrte kurz vor der Wanduhr und überlegte, ob er sie zum ersten Mal seit dem Tod seines Vaters wieder aufziehen sollte. Er kratzte sich unwillkürlich am Oberarm an der Stelle, an der sein Tattoo saß, eine Gitarre in Flammen.

Er ließ die Wiederbelebung der Uhr bleiben und setzte sich an den Küchentisch, vor sich die erste von mindestens sechs Flaschen Bier.

Die Musikerinnerung verflog, und Johann dachte nach. Das hatte er lange nicht mehr getan, er hatte sich eigentlich vorgenommen, überhaupt nicht mehr nachzudenken. Nie mehr.

Das war Teil seines großen Plans, und der schien nun durch diese dumme Angelegenheit durchkreuzt zu werden.

Rückzug, nicht nachdenken, einfach leben. Und jetzt eine Leiche in der Scheune. Vielleicht war es keine gute Idee gewesen, sie zu vergraben, aber wo hätte er hinsollen mit dem leblosen Leib? Egal, nun war er da verscharrt.

Vielleicht gibt der Boden nach, wenn er beginnt zu verwesen, dachte Johann, und plötzlich ging die ganze blöde Nachdenkerei los, die er doch vermeiden wollte.

Könnte das Ganze etwas mit ihm zu tun haben? War es vielleicht kein Zufall, dass er die Schaufel über den Kopf und die Leiche in die Scheune gelegt bekommen hatte?

Johann trank schnell, fast hastig, das Bier lief ihm das Kinn herunter.

Er versuchte, schneller zu trinken, als die Gedanken sich einstellten, um sie zu verbannen, aber sie waren schneller als das verflixte Bier, das gab's doch gar nicht.

Das Einzige, was Johann gelang, war, weit vor der üblichen Zeit beim sechsten Bier anzukommen und sich so zu verwirren, dass die Gedanken, die nicht aufhören wollten auf- und abzutauchen, in einem großen Durcheinander durch seinen Kopf schwirrten, schlimmer ineinander verhakt als die Wäscheständer von Heinrich Siedenbiedel, keine Chance auf Entwirrung. Der glückliche Heinrich, sein Problem war mechanisch zu lösen.

Vielleicht noch ein Bier.

Da klopfte es in der Diele.

Eine Stimme rief: »Johnny?«

Johann schaute in die Diele.

»Harm«, begrüßte er mit schwacher Begeisterung seinen Gast.

Polizeiobermeister Harm Busboom kam näher. Er trug schon Zivil, allzu dienstlich konnte es also wohl nicht werden.

»Bier?«, fragte Johann seinen Besucher.

»Warum nicht?«, antwortete der.

Beide saßen eine ziemlich lange Weile in Johanns Küche und schauten schweigend in ihre Bierflaschen. Oder auf das Etikett mit der Windmühle. Das ließ sich nicht so genau sagen.

»Und?«, fragte Harm Busboom.

»Joa«, war Johanns Antwort.

Beide nahmen einen langen Zug aus ihren Flaschen, stellten sie synchron wieder auf den Küchentisch und fielen ebenso synchron in die nächste Phase des Schweigens.

»Der Enno hat jetzt Schafe«, wurde Harm nach einer längeren Pause geradezu redselig.

»Hm«, brummte Johann.

»Aber so'n neumodischen Krams. Haarschafe. Schon mal gehört?«

»Mm-mm«, verneinte Johann.

»Da gibt's unsere guten Milchschafe, und dann schleppt der 'ne neue Rasse hier ein.«

Johann schwieg, und Harm konnte nicht so recht ausmachen, ob es an seiner erschütternden Botschaft von der sich anbahnenden Überfremdung des Schafbestands lag oder an grobem Desinteresse.

»Die geben nicht mal Wolle«, legte Harm nach und spekulierte auf Johanns schockierte Reaktion.

Doch Johann schwieg. Schafe waren im Moment nicht gerade sein Kernthema, obwohl er froh war, dass Harm wenigstens nicht versuchte, in Erinnerungen zu schwelgen. Weißt du noch, wie lange ist das jetzt her, Mann, waren wir drauf … – das alles blieb ihm erspart.

Johann schaute Harm dankbar an. Sogar der Anflug eines Lächelns huschte über sein Gesicht, die Muskulatur unterhalb seines linken Auges entschied sich selbstständig für ein leichtes Zwinkern, das aber genauso gut auch ein nervöses Zucken hätte sein können.

Johann stand auf, holte zwei neue Flaschen aus dem Kühlschrank und stellte sie auf den Küchentisch.

»Nee, lass mal«, wehrte Harm ab, »ich muss dann so langsam.«

Er erhob sich und steuerte auf die Tür zur Diele zu, als er sich noch mal zu Johann umdrehte, der ihm hinterherschlurfte.

»Ach ja …« Harm nestelte in seiner Jackentasche und förderte Johanns schmuddeliges Küchentuch zutage. »Kennst du das hier?«

Johann war von seinen nicht zu bändigenden Gedankenfetzen, durch die nun auch noch wollfreie Schafe kreuzten, so besetzt, dass er gar nicht richtig hinsah und umso leichter antworten konnte.

»Nö«, sagte er geistesabwesend.

»Dacht ich mir«, sagte Harm und stopfte das Tuch zurück in seine Tasche. »Man sieht sich.« Er hob grüßend die Hand an einen imaginären Mützenschirm.

»Man sieht sich«, erwiderte Johann, bemüht, nicht unhöflich zu wirken.

»Ach, danke fürs Bier«, klang es noch aus dem Dunkel der Diele.

12

Nicolaj saugte an dem harten Gummischlauch. Ein genießbares Getränk wäre ihm deutlich lieber gewesen, aber dies war jetzt wichtiger. Er saugte, bis er den beißenden Geschmack der Flüssigkeit an seiner Zunge spürte. Kindheitserinnerungen flackerten auf.

Er nahm den Schlauch aus dem Mund, steckte ihn in den Blechkanister und lauschte dem feinen Rinnsal des Diesel, das sich aus dem Tank des alten Deutz-Traktors in den Behälter ergoss.

Nicolaj schaute sich um. Dass er in einem einzigen Schuppen alles gefunden hatte, was er brauchte – ein Fahrzeug mit vollem Tank, einen Kanister und sogar einen Schlauch –, hielt er seiner Spürnase zugute.

»Na boga nadejsja, a sam ne ploshaj«, murmelte er und klopfte sich innerlich auf die Schulter, vertraue auf Gott, sei aber selbst auch nicht dumm.

Es würde eine Weile dauern, bis der Treibstoff in den Tank gelaufen war, und so inspizierte Nicolaj die Werkstatt, in die er geraten war. Alles nicht mehr ganz neu, aber gut ausgestattet. In der Ecke dahinten würde er es sich vielleicht sogar für die Nacht halbwegs bequem machen können, wenn er rechtzeitig genug wieder aufwachte, bevor der Besitzer sein Tagwerk begann.

Der Diesel plätscherte, Nicolaj leuchtete umher. Neben der Werkbank befand sich ein kleines Fenster, Nicolaj schaute in die Dunkelheit hinaus und erstarrte: Fünf Augenpaare reflektierten den schwachen Schein seiner Lampe und starrten unverwandt zurück. Nicolaj erkannte die Umrisse von Tieren.

13

Die Lerche gab sich alle erdenkliche Mühe. Sie brachte ihre Syrinx mit aller Kraft in Schwingung, aber in diesen Tagen hatte keiner so recht ein Ohr für sie, es war wie verhext.

Hundert Meter unter ihr stand die winzige Wilmine Ahlers neben einem kleinen bläulichen Rechteck, das sich aus ebenerdiger Perspektive als der von Nicolaj zurückgelassene Ford Focus entpuppte.

Wilmine geriet, anders als die inbrünstig singende Lerche, schon wieder in Atemnot, obwohl sie keinen Laut von sich gab. Schon wieder ein ortsfremdes Auto, schon wieder verlassen! Wer weiß, was da passiert war! Schlimmste Dinge liefen vor Wilmines innerem Auge ab, sie sah viel fern.

Diese winzigen tragbaren Telefone waren ja die Pest – warum musste man stets und überall herumtelefonieren, hat ja früher auch kein Mensch gemacht –, aber wenn man permanent Spuren von Kapitalverbrechen fand, wäre so ein Ding schon verdammt praktisch gewesen, um sofort den Arm des Gesetzes in Bewegung zu setzen.

Während Wilmine sich suchend umsah und ihr die einzige Option dämmerte, nämlich, in den Ort zu radeln, griff eine Böe Nordnordwest sechs bis sieben hinter ihr in die von Nicolaj nur angelehnte Fahrertür. Diese setzte sich um wenige Zentimeter in Bewegung und verursachte dabei ein Quietschen, das jede Geisterbahn gern im Repertoire gehabt hätte. Wilmine kreischte so laut auf, dass die Lerche über ihr in ihrem sonst unerschütterlichen Rüttelflug aus dem Konzept geriet.

Wilmine hechtete auf ihr Fahrrad und fuhr, als hätte sie nicht sechs Windstärken Gegen-, sondern Rückenwind.

***

Keuchend enterte Wilmine Ahlers den Laden von Heinrich Siedenbiedel. Noch bevor sie wieder zu Atem gekommen war und das ganze Drama schildern konnte, stellte Heinrich Siedenbiedel ihr das Telefon auf den Tresen und nickte in Richtung des Gerätes.

Wilmine hackte atemlos auf die Tastatur ein. Sie wählte die Nummer der Polizeistation Westoverledingen, die sie selbstverständlich auswendig kannte. Freizeichen, Wilmine ging ihre abzugebende Meldung im Geiste durch, es klingelte weiter, niemand hob ab.

Wilmines Unruhe wuchs, sie ließ es lange klingeln, gestikulierte Unverständnis in Richtung von Heinrich Siedenbiedel, der sich demonstrativ einer sinnlosen Sortierung seiner Mettwürste widmete.

Wilmine gab erst auf, als das Rufzeichen nach einem Knacken auf halbe Tonlänge und doppelte Frequenz wechselte.

Sie polterte ihre Handtasche auf den Tresen, kramte das Portemonnaie heraus und begann, darin herumzuwühlen.

Aus dem Augenwinkel konnte Heinrich Siedenbiedel sehen, dass sich darin eine enorm große Ansammlung kleiner und kleinster Zettelchen befand, die sie durchsuchte.

14

Harm Busboom sah sie schon von Weitem. Der Polizeileichtmatrose hatte sein Kostüm gewechselt. Heute trat er als Polospieler in Violett mit großer Rückennummer »3« auf. Seine Begleiterin kam Harm weiblicher vor als zuletzt, sie trug die Haare offen. Vielleicht hatte sie keine Zeit mehr gehabt, sie streng zu bündeln, bevor sie zum Einsatz gerufen wurde. Jetzt wehten ihr die Haare ins Gesicht, und sie durchsuchte entnervt ihre Taschen, wohl nach einem Haargummi.

Die beiden Ortsfremden tauchten unter dem rot-weißen Flatterband hindurch, das Harm Busboom mit größter Gewissenhaftigkeit gespannt hatte, so, wie er es aus dem Fernsehen kannte.

Zum Glück hatte Heinrich Siedenbiedel seinen Laden wieder so weit in Ordnung gebracht, dass er Harms Wunsch nach dem Absperrband mit einem Griff ins Regal befriedigen konnte.

Wie er die acht Euro neunzig abrechnen sollte, hatte Harm noch überlegt, als er das Band um die Weidensträucher wand. Eigentlich musste er Verbrauchsmaterial ja mit dem Formular VMII/3 bestellen, Privatauslagen waren nicht vor- und folglich nicht gern gesehen.

Egal, das würde er sogar aus eigener Tasche zahlen, so einen Fall hatte man schließlich nur einmal im Leben. Doch in Freude und Stolz auf den aktuellen Fall mischte sich plötzlich Sorge. Was, wenn das kein einzelnes Vorkommnis war, sondern der Beginn einer Serie? Davon hörte man ja immer wieder. Dann wäre es mit der Ruhe dahin, die sie hier alle so schätzten. Um die zu bewahren, würde mancher aus dem Dorf sogar töten, dachte sich Harm.

»Da vorne«, begrüßte er nun die beiden Kripoleute und zeigte in Richtung der männlichen Leiche, die seltsam verrenkt im Schilf lag.

»Von hier ist der nicht«, rief er den beiden noch zu.

Am Deichhang waren Schleifspuren zu sehen, sodass der Polospieler messerscharf folgern konnte: »Der ist hierhergebracht worden.«

Seine Kollegin hatte zwar kein Haargummi gefunden, aber weiße Latexhandschuhe, die sie nun überstreifte. Sie beugte sich über den Körper, besah ihn und tastete ihn ab.

Ihre Haare fielen ihr in die Stirn, und sie versuchte durch Pusten und Kopfschütteln zu verhindern, dass sie mit dem angetrockneten Blut des Toten in Berührung kamen.

»Scheiße«, fluchte sie leise, reckte ihren Kopf so weit wie möglich zurück und wendete den Toten auf die Seite. Er war schmächtig, trug einen Kinnbart, der nicht so recht zu seinem runden Gesicht und den etwas schütteren halblangen Haaren passen wollte, und seine Kleidung war nicht gerade edel. Die Lederjacke war abgewetzt und sicher nicht teuer gewesen, dasselbe konnte man von Hemd und Hose sagen, die an den Stoßkanten schon fadenscheinig waren.

»Männlich, Alter etwa Ende dreißig. Glatter Einschuss im Schläfenbereich, Waffe vermutlich aufgesetzt, Schmauchspuren.«

»Also Hinrichtung oder Selbstmord«, sherlockte der Polospieler.

»Ein Selbstmörder würde sich wohl nicht selbst den Deich runterschleifen und so verrenkt hinlegen«, entgegnete Harm. »Und die Waffe wäre ja wohl auch noch da.«

Harm lief zu kriminalistischer Hochform auf und begann sich zu ärgern, dass er nicht eine andere Laufbahn eingeschlagen hatte.

»Sie haben keine Waffe gefunden?«, wandte sich der Polospieler an Harm.

»Nö«, sagte der.

Und nach einer längeren Pause: »Heute jedenfalls nicht.«

***

Harm stand der lästige Teil des Einsatzes bevor, die Befragung der Zeugen. Ungeduldig hatte die Gruppe der fünf Fahrradtouristen in ihren bunten Funktionsjacken hinter dem Absperrband ausgeharrt. Sie hatten, als sie dämlicherweise nicht im Windschatten des Deiches, sondern auf seiner Kuppe fuhren, die Leiche im Schilf entdeckt.

Harm kannte das schon, alle hatten etwas gesehen, jeder noch mehr als der andere, alle widersprachen einander, und gewusst hatte am Ende keiner wirklich etwas.

Seine Gedanken schweiften ab, und er wunderte sich, dass nicht Wilmine die Leiche gefunden hatte. Sie hatte, überlegte er, in den vergangenen Jahren gefühlte neunzig, realistische fünfzig Prozent aller Meldungen abgegeben. Einerlei, ob es sich um verschwundene – und vermutlich aufgrund von schlechtem Wetter und damit verbundener Unlust des Austrägers nicht zugestellte – Tageszeitungen handelte oder um ein eingeschlagenes Fenster, das am Ende keine gewerbsmäßige Einbrecherbande, sondern der Wind eingedrückt hatte.

Harm konnte ja nicht ahnen, dass Wilmine schon längst die nächste spektakuläre Entdeckung auf Lager hatte. Bis sein Telefon klingelte.

Er erkannte die Nummer von Heinrich Siedenbiedel.

»Heinrich«, jovialte Harm ins Gerät, trotz Funktionsjackenbefragung noch beseelt vom Leichenfund.

Sein Lächeln erstarb sofort, als er die Stimme von Wilmine Ahlers erkannte. Welcher Teufel hatte ihn geritten, ihr die Nummer seines Mobiltelefons zu geben?!

15

Sich an der Sonne zu orientieren hatte er nicht verlernt. Selbst bei bewölktem Himmel konnte er den hellsten Teil des Firmaments und somit den Stand der Sonne ausmachen. Er war eben doch ein gewitzter Kerl und nicht so leicht unterzukriegen! »Bud' gotov, vsegda gotov!« – Sei bereit, immer bereit!

Nicolajs Selbstbewusstsein kehrte zaghaft zurück und auch die Erinnerung an die »Pionierorganisation Wladimir Iljitsch Lenin«, die ihm tatsächlich neben dem bedingungslosen Einsatz für die Sache der Partei die Orientierung selbst bei geschlossener Wolkendecke und die Liebe zur Natur nahegebracht hatte.

»Kamerad Stabsinstruktor, unser Stab ist mit zwölf Personen vollzählig angetreten.«

»Rührt euch!«, war die Antwort des Instruktors, und das uniformierte Dutzend rief: »Durch das Unmögliche vorwärts!«

Durch das Unmögliche vorwärts! Das war genau das Gebot der Stunde! Nicolaj beschleunigte seinen Schritt, den er ungleichmäßig setzte, weil ihn in seiner rechten Hand das Gewicht eines vollen Metall-Benzinkanisters beschwerte, der Koffer in der anderen Hand konnte das nicht annähernd ausgleichen. Er wirkte wie ein heruntergekommener Handelsvertreter mit seinen Musterkoffern.

Nicolaj hatte sich die Position des Wagens gemerkt und frohlockte angesichts der Perspektive, dieses elende Gelatsche in unwirtlicher Witterung bald hinter sich zu lassen. Einmal noch hinter dem Erlengebüsch, das den Graben rechter Hand säumte, nach rechts abbiegen, dann konnte es nicht mehr weit sein, und sein Auto wäre schon in Sichtweite.

Schwungvoll nahm er die Kurve auf die Zielgerade, blickte nach vorn – und erstarrte. Da stand neben seinem temporären Gefährt ein leuchtend gelber Abschleppwagen mit eingeschaltetem gelben Warnlicht auf dem Dach – wen wollte der hier warnen? Die Kühe? –, und ein Mann in ebenso leuchtend gelber

Latzhose betätigte die Steuerung des Krans, der soeben Nicolajs Auto angelupft hatte.

Nicolaj machte auf der Stelle kehrt, verschanzte sich hinter den Erlen und beobachtete, was schon absehbar gewesen war: Die gelbe Latzhose zurrte das Auto auf seinem blinkenden Gefährt fest, stieg ein und fuhr davon.

Nicolaj sank ins Gras, und ihm wollte partout kein aufmunternder Spruch der jungen Pioniere einfallen. Dafür drängten sich ihm reichlich zünftige Flüche auf.

16

Johann hatte Lust auf Mettwurst, und vielleicht war Heinrich Siedenbiedel heute ja gesprächiger.

Vor dem Laden wartete Wilmine Ahlers auf irgendetwas und machte einen nervösen Eindruck. Sie ging auf und ab, knetete ihre Hände, ging weiter auf und ab und wrang ihre Hände wie einen alten, auf Teufel komm raus nicht trocknen wollenden Lappen. Der Gruß zwischen beiden fiel flüchtig aus wie immer.

Als Johann den Laden betrat, hielt er nach drei Schritten inne. Harm Busboom hatte ihn gleichzeitig entdeckt und nickte ihm zu.

Harm stand hinter den beiden Kriminalbeamten, die Heinrich und seine Frau befragten. Nebenbei kramte die Beamtin in einer kleinen Schachtel auf dem Tresen, was ihr Kollege mit missbilligenden Blicken quittierte. Er versuchte, sich auf die Befragung zu konzentrieren, während die Oberkommissarin ein Haargummi aus der Schachtel fingerte, sich stumm mit Heinrich Siedenbiedel über den Kaufpreis verständigte, Kleingeld aus ihrer Hosentasche kramte und es abgezählt auf den Tresen legte.

Johann konnte hören, dass die Beamten wissen wollten, ob das Ehepaar Siedenbiedel irgendeinen Toten, als er noch nicht tot war, gesehen oder sonst irgendeine außergewöhnliche Beobachtung gemacht hätten.

Jetzt konnte Johann sich auch Wilmine Ahlers Nervosität erklären. Sie fieberte ihrer Aussage entgegen und hatte den beiden Polizisten sicher eine Menge zu erzählen. Vermutlich würde sie sogar die alte Geschichte von damals wieder auskramen.

Hoffentlich haben die genug Zeit mitgebracht, dachte Johann, das könnte dauern.

Die Kriminalbeamtin sah am Ende von Johanns Überlegungen wieder so streng aus wie beim letzten Mal. Sie hatte die Haare mit ihrer Neuerwerbung wieder zum Pferdeschwanz gebunden. Dabei hatte sie Johann hinter dem Regal entdeckt und hob halb ihren Zeigefinger in seine Richtung, um ihm zu bedeuten, dass er warten möge.

Das brauchte er ja nun als Allerletztes. Schließlich wollte er etwas in Erfahrung bringen und jetzt nicht selbst ausgequetscht werden.

»Verkaufen Sie eigentlich auch Munition?«, hörte er den Kommissar fragen.

»Brauchen Sie welche?«, entgegnete Heinrich Siedenbiedel, ohne aufzusehen.

Der Hauptkommissar holte tief Luft, die Oberkommissarin zupfte ihren Kollegen am Ärmel, um ihn zu ermahnen, seine Contenance zu wahren.

»Hat der Tote bei Ihnen was gekauft?«, fragte der Kommissar nun und fügte an: »Ich meine, bevor er tot war«, um der nächsten schlagfertigen Antwort vorzubeugen. Aber vergebens.

»Glauben Sie, der hat die Munition hier selbst gekauft, mit der er erschossen wurde?«

»Woher wissen Sie denn, dass er erschossen wurde?«

»Och, man hat so seine Quellen.«

Wie zufällig drehte Harm sich um und tat, als würde er in einem Regal fieberhaft nach Schuhcreme suchen.

Die Kommissare zuckten die Schultern und wandten sich nun Johann zu. Mitzuteilen hatte er ihnen wenig, immerhin konnte er mit Fug und Recht behaupten, die ganze Zeit auf seinem Hof zugebracht zu haben, und zum vermuteten Todeszeitpunkt des Opfers hatte er gerade Besuch von Harm Busboom. Einen besseren Entlastungszeugen konnte er sich nicht wünschen.

Viel bestürzender fand Johann, was er selbst bei diesem Gespräch erfuhr. Wurde ihr Dorf jetzt mit Leichen überschwemmt, oder war die Leiche im Schilf etwa die aus seiner Scheune? Hatte jemand sie heimlich ausgegraben und hinter den Deich gezerrt? Und wenn ja, warum zum Teufel sollte jemand so etwas tun?

Statt bei seinem Ausflug ins Dorf ein paar Antworten auf die vielen Fragen zu finden, die ihn umtrieben, hatte er gleich einen Haufen neuer Rätsel hinzugewonnen, die ihn vollends verwirrten.

Johann wollte dringend nach Hause, da sah er Harm Busboom, der zu seinem grün-weißen Audi 80 ging, die Beifahrertür öffnete und aus dem Handschuhfach den ihm wohlbekannten Revolver holte. Johann verharrte, kontrollierte vorgeblich den Sitz seines Lenkers und beobachtete unter seiner Armbeuge hindurch, wie Harm die Waffe Polizeihauptkommissar Beckmann übergab. Der schaute begriffsstutzig auf den Revolver.

»Wurde gefunden«, erklärte Harm.

»Ja, aber ... wann denn, ich meine, wieso ...«

Eine Melodie erklang von irgendwoher, Harm wandte sich von Beckmann ab und nestelte in seiner Tasche. Beckmann schaute zwischen Waffe und Harm Busboom hin und her. Die Melodie entwickelte sich zu einem mehrstimmigen schmissigen Kanon. Johann rätselte, was das war. Er kannte das. Harm beförderte sein Mobiltelefon zutage, die Melodie schepperte ihrem Höhepunkt entgegen und verstummte plötzlich mit Harms »Hallo?«.

Fünfzehn Mann auf des toten Manns Kiste!, fiel Johann ein. Und 'ne Buddel voll Rum.

Hinter dem etwas ratlosen Beckmann tänzelte die bald vor Mitteilungsdrang platzende Wilmine Ahlers von einem Bein aufs andere, als müsse sie dringend austreten.

Johann schwang sich auf sein Rad und radelte los. Zunächst langsam, solange er noch in Sichtweite war, dann wurde er schneller. Er fuhr so schnell wie nie, geriet vollkommen außer Atem und musste kurz anhalten, weil ihm schlecht wurde.

Dann keuchte er weiter, seiner Scheune entgegen, um nachzusehen, ob der Tote dort noch vergraben lag.

»Fünfzehn Mann auf des toten Manns Kiste«, summte er, ohne es zu merken.

17

Es dämmerte, und Enno Osmers schickte sich an, feierlich den Aufnahmeknopf seiner Kamera zu betätigen. Ärgerlich, dass er am Vortag die Chance zur Premiere einfach verschlafen hatte, aber jetzt! Er senkte seinen Finger langsam und voller Vorfreude auf die Taste mit dem kleinen roten Quadrat. Als sein Finger gerade noch zwei Millimeter darüberschwebte, läutete es.

Enno zischte einen Fluch, bewegte sich mit langsamen Schritten zur Tür, umschiffte diesmal souverän den Hundewassernapf und öffnete.

Er blickte auf zwei goldene Reiter, die wie mittelalterliche Ritter mit Lanzen aufeinander losgingen. Sein Blick schwenkte nach links, erfasste eine riesige »3« und die Schriftzüge »Sylt« und »Polo«. Während er darüber nachdachte, ob auf Sylt Polo gespielt wurde oder warum man sich so etwas anzog, bemerkte er, dass neben dem Träger dieses erstaunlichen Trikots eine Frau mit Pferdeschwanz stand.

»Zentraler Kriminaldienst der Polizeiinspektion Leer/Emden, Oberkommissarin Hartung, Hauptkommissar Beckmann«, stellte die Frau sich und ihren Begleiter vor.

Enno schaute sie erwartungslos an, immer noch ganz bei der Polofrage.

Da sich kein Fortschritt in der Kommunikation andeutete, setzte die Frau nach: »Dürfen wir reinkommen?«

Enno nickte, öffnete die Tür weiter und brummte: »Natürlich.«

Er leitete seine Gäste in die Küche und deutete stumm auf die Stühle am Küchentisch.

Statt sich zu setzen, steuerte der Mann im bunt bestickten Hemd auf Ennos Installation von Kamera und Nachtsichtgerät zu.

»Was ist das denn?«, fragte er mit einem skeptischen Unterton, der Enno auf die Nerven ging.

»Nachtsichtgerät.«

»Ach, und wozu brauchen Sie das?«, fuhr der Bestickte noch skeptischer fort.

»Zum Beobachten.«

»Ach, und was beobachten Sie damit so?« Nun rührte der ungebetene Gast auch noch eine Prise Ironie in seine Fragerei. Das konnte ja nett werden.

»Schafe.«

»Schafe«, wiederholte der Polizist konsterniert. Er machte eine Pause, um Enno die Chance einzuräumen, seine dreiste Falschaussage selbst zu korrigieren.

Doch Enno schwieg.

»Sie haben ein Nachtsichtgerät, um damit Schafe zu beobachten«, fasste der Polizist seine Erkenntnisse zusammen.

»Sag ich doch«, brummelte Enno.

Der Polizist versuchte es jetzt mit einem bohrenden Blick, um Enno auf den Pfad der Wahrheit zu führen.

Aber Enno wandte sich ab, und ohne selbst hinzusehen, zeigte er mit der Hand zum Küchenfenster hinaus.

»Da.«

Nun erhob sich auch die Pferdebeschwanzte, die sich zwischenzeitlich gesetzt und das Wortduell der Männer interessiert verfolgt hatte.

Sie stellte sich neben ihren Kollegen, und beide blickten aus dem Küchenfenster auf eine kleine Schar von Kamerunschafen, die mehrheitlich zurückschauten.

»Hm«, brummte der Polizist unzufrieden.

Er und seine Kollegin nahmen nun endlich Platz, und sobald sie saßen, setzte sich auch Enno.

Der Mann blickte noch einmal zum Geräteaufbau, und Enno konnte spüren, dass der Gast zu einem letzten Vorstoß in Sachen Nachtsichtgerät ansetzen wollte: Er holte Luft, formulierte in Gedanken einen Satz, dessen Anfang schon fast die Lippen erreicht hatte – und brach das Unterfangen wieder ab. Contenance! Es war sinnlos, und mittlerweile waren ihm überdies auch Hoffnung und Lust abhandengekommen, aus Enno irgendeine Auskunft zum Leichenfund herauszubekommen.

Seine geringe Frusttoleranz war ein Problem, das ihm schon ein Disziplinarverfahren und den Arbeitsplatz in dieser aus seiner Warte gottverlassenen Provinz eingebracht hatte.

Göttingen war zwar auch nicht gerade der Nabel der Welt, aber da war wenigstens noch ein bisschen was geboten für einen Junggesellen, und die Menschen waren nicht ganz so spröde. Aber dann: der Ausraster während einer Vernehmung und die Verbannung in die friesische Ödnis.

Um größere innere Ruhe bemüht, weil er nach reumütiger Rückkehr in die Zivilisation nicht erneut ein friesisches St. Helena erleben wollte, hatte er sogar mit Yoga angefangen. Er betrieb es allerdings mehr als eine Art Kampfsport.

Seine Kollegin übernahm nun die Befragung. Sie berichtete Enno vom Fund des Toten, zeigte ihm dessen Foto, stellte ein paar Fragen, und nach sechs Minuten standen die beiden Beamten wieder auf der Straße, ohne schlauer geworden zu sein.

»Hm«, machte Beckmann zu seiner Kollegin.

***

In seiner Küche saß Enno, schaute ratlos vor sich hin und machte »Hm«.

Er wusste, dass es an der Zeit war, etwas Schreckliches zu tun. Etwas, das er nie hatte tun wollen.

18

Er würde Richtung Ostsee fahren, um Spuren zu verwischen, hatte Putin noch gesagt. Welche Spuren wollte er verwischen, wenn sie noch gar nicht mit ihrem Coup begonnen hatten?

Aber Nicolaj hatte ihn gewähren lassen, um ihm nicht den Spaß an seiner Aufgabe zu nehmen und auch, um zu würdigen, dass Menschen aus unterschiedlichen Kulturkreisen unterschiedliche Auffassungen haben konnten und auch sehr unterschiedliche Rhythmen bei der Arbeit und im Leben.

Und Putin stammte definitiv aus einem anderen Kulturkreis. Nördliches Krasnojarsk gegen südliche Krim, sechstausend Kilometer Luftlinie und buchstäblich keine Verbindung auf dem Landweg, unterschiedlicher ging es nur schwer. Dagegen waren Nordfinnen und Neapolitaner eineiige Zwillinge.

Nach der Nacht im Werkstattschuppen sah Nicolaj zerknittert aus, die Hose war von seinen Grabenkämpfen eingedreckt. Er brauchte keinen Spiegel, um zu wissen, dass er eher ein Bild des Jammers als das eines angsteinflößenden Paten abgab.

Er war deprimiert. Er setzte sich auf sein Köfferchen, schaute nach oben, als er die Lerche singen hörte (warum sang im September noch eine Lerche?), und versuchte, das Ganze systematisch anzugehen.

Also: Putin war von Berlin Richtung Ostsee gefahren, warum auch immer. Danach sollte er nach Amsterdam, um dort als Kurier der Berliner Chefs Drogen entgegenzunehmen – als vermeintlicher Kurier, das war ja der clevere Plan von Nicolaj, denn die Granden in der deutschen Hauptstadt wussten nichts vom vollkommenen Loyalitätsverlust der beiden Neulinge.

Die beiden wollten die Ware kassieren, ordentlich quittieren und dann irgendwo zwischenlagern und untertauchen, bis Gras über die Sache gewachsen war. Das war ihr Plan, und Putin sollte in der Abgeschiedenheit Ostfrieslands ein passendes Plätzchen für Lager und Unterschlupf finden. So wäre die Fahrtstrecke für ihn nicht allzu weit von Holland aus.

Das hatte Nicolaj sich prima ausgedacht, und für die Umsetzung hatte er Putin auserkoren. Vielleicht hätte er doch nicht alles ihm überlassen sollen? Vielleicht war er überfordert gewesen?

Die Ware hatte er in Amsterdam noch abgeholt, das hatte Nicolaj im Hauptquartier mitbekommen, bevor er aufgebrochen war, um Putin zu suchen.

Und wenn Putin ihn übers Ohr gehauen hatte und mit dem Zeug über alle Berge war? Nein, das wollte Nicolaj ihm nicht zutrauen. Oder hatten die Leute in Holland ihn verfolgt, ihm die Ware wieder abgenommen und ihn beseitigt? Dümpelte er jetzt mit dem Gesicht nach unten in irgendeinem verschmutzten Gewässer? Es war ein ekelhaftes Geschäft, in dem ein Leben nicht viel zählte, das war Nicolaj klar, und er begann gerade, seine ganze Lebensplanung in Frage zu stellen: die große weiße Limousine mit getönten Scheiben, die blonde Begleitung auf stelzengleichen Absätzen mit Hündchen im Arm …

Gut oder schlecht, erst mal musste Putin wieder auftauchen. Also raffte Nicolaj sich auf, griff seinen Koffer und ging, wie schon die drei Stunden zuvor, weiter geradeaus.

19

»Das stinkt doch zum Himmel«, wetterte Beckmann. Er hatte sich die Typenbezeichnung von Ennos Nachtsichtgerät gemerkt und durchflöhte jetzt einschlägige Internetseiten. »Da! Militärtechnologie! Da läuft was Großes!«

Mit einem Blick über den Monitor hinweg versuchte er, Oberkommissarin Hartung in seine Theorie einzubeziehen.

»›Es wird von Spezialeinheiten, Sonderkommandos, Polizei und Jägern erfolgreich eingesetzt‹«, referierte er weiter.

Kollegin Hartung warf Beckmann einen vielsagenden Blick zu, den der allerdings nicht wahrnahm, da er schon wieder weiterlas.

Die Oberkommissarin versuchte, sich auf die Lektüre einer Mail zu konzentrieren.

»Und jetzt kommt's! Jetzt kommt's! Achtung!«

Beckmann gehörte auch zu den Leuten, die vor dem Erzählen eines Witzes sich entweder selbst schon ausschütteten vor Lachen oder aber wortreich die unschlagbare Witzigkeit des Kommenden ankündigten. Danach hatte die beste Pointe der Welt keine Chance mehr.

»Hier! Hier!« Beckmann steuerte auf den Höhepunkt seiner Entdeckung zu.

Hartung schaute zu Beckmann mit dem Blick eines Menschen, der das hoffnungsvolle Leuchten in den Augen eines vollkommen talentfreien Castingshow-Kandidaten sah.

»›Die Anwendung des Nachtsichtgerätes auf Zielfernrohren darf in Deutschland nur von Berechtigten vorgenommen werden‹«, las er triumphierend.

»Hab da kein Zielfernrohr gesehen«, entgegnete Kollegin Hartung ungerührt. »Die Leiche vom Deich konnte noch nicht identifiziert werden, aber die Kollegen in Berlin haben mehrfach Fingerabdrücke des Toten im Zusammenhang mit Razzien im Bereich Organisierte Kriminalität sichergestellt«, konterte Hartung Beckmanns Enthüllungen.

Der war für solche Details nicht zu haben, war ganz auf seine noch etwas unscharfe Theorie von der großen Verschwörung fokussiert und hatte sich aufgrund der Unschärfe der These auf der Website des Armyshops in der Rubrik »Wildbretverwertung« verloren und studierte nun »Wertvolles und Unerlässliches zum Bergen, Versorgen, Aufbrechen, Zerwirken und Aus-der-Decke-Schlagen«.

20

Johann wischte sich den Schweiß von der Stirn.

»Elfi, hast gut aufgepasst«, lobte er seine Sau.

Der Boden der Scheune sah aus wie zuvor, der Tote lag also noch dort, wo Johann ihn vergraben hatte.

Aber wieso zum Teufel gab es jetzt schon wieder eine Leiche? Hatte jemand ihren Ort als Leichendeponie auserkoren und lieferte nun täglich eine ab? Und warum auch in seiner Scheune?

Während er Elfi Futter gab, fragte er sich, weshalb es ihn eigentlich beruhigte, dass der Tote noch zwei Meter neben ihm begraben lag. Hätte ihn jemand ausgegraben und an den Deich geschafft, wäre er das Problem los gewesen. Auf Dauer mit dem Toten zusammenzuleben konnte ja auch keine Lösung sein.

Vielleicht sollte er ihn selbst wieder ausgraben und anderswohin schaffen. Aber wohin? Und wann, wenn die Polizei jetzt das Dorf im Blick hatte?

Und wer war der Tote überhaupt? Johann wusste nicht einmal, wen er da in aller Hektik und Panik, benommen, wie er war, verscharrt hatte. Der Tote war blutüberströmt gewesen und sein Gesicht schwer zu erkennen, und Johann war nicht nach Nachforschungen zumute gewesen.

***

Er goss sich einen Nescafé auf. Zu einer unüblichen Tageszeit, aber schließlich hatte er ja noch etwas vor. Für das Bizzeln hatte er diesmal gar kein Ohr.

Er wartete, bis die von ihm vermutete Regelarbeitszeit von Kriminalbeamten vorüber war und er nicht mehr mit ungebetenem Besuch zu rechnen hätte.

Er ging in die Scheune, schloss das Tor hinter sich ab und machte sich ans Werk. Er schaufelte das Grab wieder auf.

Das war mühsamer und komplizierter, als einfach nur eine

Grube auszuheben. Schließlich wollte er mit seinen Spatenstichen den toten Korpus nicht verletzen, so viel Pietät besaß er allemal.

Er schippte sich in einen regelrechten Rausch, und nach einer Dreiviertelstunde hatte er den Toten so weit freigelegt, dass er ihn bewegen konnte, andererseits aber schnell noch etwas über ihn würde breiten können, falls jetzt doch überraschend jemand käme. Nun erst sah er, dass er den Toten achtlos mit dem Gesicht nach unten in die Grube geworfen hatte.

Johann stieg hinab zu ihm, griff den Kopf zögerlich mit beiden Händen und drehte ihn auf die Seite, um zumindest sein Profil sehen zu können.

Er drehte ihn, und noch in der Bewegung erstarrte er: Focko!

Johann war fassungslos. Das war Focko Poppen! Meine Güte, wie kam der hierher und vor allem: Warum war er tot?

Focko war mal ein guter Kumpel gewesen, damals, bis das passierte. Sie waren eine Clique von vier Jungs, Focko, Enno, dessen Bruder Tammo und Johann. Jetzt hatte er seit bald acht Jahren nicht mehr mit Focko geredet. Und nun lag er mausetot vor seinen Füßen.

Sie waren zusammen mit ihren frisierten Mofas über die Deiche gebrettert, hatten Feuer am Fluss gemacht, sich mit reichlich Bier regelmäßig abgeschossen und meistens alles auf einmal und immer gemeinsam.

Immer hatten ihnen Natur und Bier genügt, nur irgendwann kamen sie doch auf die verfluchte Idee, mal in die Disco im übernächsten Ort zu fahren. Bier plus Musik plus Mädchen, das musste doch irgendwie noch viel besser sein.

So fuhren sie also los mit ihren Mofas, die Vorfreude hatten sie schon mit einigen kleinen grünen Flaschen beflügelt.

Der Parkplatz war voll, die Mehrzahl der Autos tiefergelegte und bespoilerte Kleinwagen, der Andrang war groß, vor der Tür hatte sich schon eine Schlange gebildet.

Maulend reihten die Jungs sich ein, Tammo war dafür, wieder umzukehren. Er wurde von den anderen überstimmt. Enno hatte eine Flasche Persiko dabei, die er kreisen ließ. Bald fanden sie ihren Spaß wieder und schubsten sich ausgelassen in Erwartung von Bier und Bräuten.

Sie waren, langsam vorrückend, kurz vor dem in Fachwerkmanier gezimmerten Eingangsportal angekommen, über dem Leuchtstoffröhren den Namen »Sunrise« formten, als Tammo von Focko übermütig gestoßen wurde.

Er taumelte gegen einen anderen Wartenden, der etwas älter und sicher nicht mit dem Mofa gekommen war: gegeltes Haar, weiße Hose, weißes Hemd mit hochgestelltem Kragen.

»Pass ma auf, wo du hintrittst, Bauerntrampel«, fuhr der Angerempelte Tammo an. »Du hast meine Hose schmutzig gemacht.«

Die Beschwichtigungsversuche seiner halb so großen, halb so alten und für friesische Verhältnisse ungewöhnlich gut gebräunten weiblichen Begleitung im ebenso weißen Outfit ließ er an sich abperlen.

Tammo setzte gerade an, sich zu entschuldigen, als der Fremde ihm eine schallende Ohrfeige verpasste.

In Johann kochte sofort die Wut hoch, er wollte Tammo, den Kleinsten der Clique, rächen. Er nahm Anlauf, um sich dem Schläger mit voller Wucht in den Bauch zu werfen.

Statt sich dem Angriff zu stellen, machte die feige Weißhose reflexartig einen Schritt zur Seite, und Johann krachte mit voller Wucht gegen Tammo, der von der Ohrfeige noch ganz benommen war.

Johann riss ihn um, und Tammo krachte mit einem so lauten Knall gegen den Fachwerkbalken des Portals, dass alle Umstehenden sofort verstummten und hofften, das Geräusch möge vom Balken und nicht von Tammos Kopf hergerührt haben.

Aber es war wohl der Kopf gewesen. Tammo sank leblos in sich zusammen.

Da standen sie nun vor dem »Sunrise«, und Johann hatte das Gefühl, als würde die Sonne geradewegs unter- und nie wieder aufgehen.

Es bildete sich eine riesige Traube um das Geschehen, bald

flackerte Blaulicht, die Weißhose würde später aussagen, dass Johann Tammo gezielt angegriffen hätte, und die Jungs mussten mitansehen, wie der Notarzt, über Tammo gebeugt, den Kopf schüttelte.

Johann wandte sich von dem Toten aus seiner Erinnerung demjenigen zu, der vor ihm in der Grube lag.

Nun also der zweite Tote, der zweite Kumpel. Dabei hatte er doch alles vergessen wollen, und nun geriet er in irgendeinen mörderischen Schlamassel, den er überhaupt nicht durchblickte.

Johann untersuchte den toten Focko, um etwas in Erfahrung zu bringen. Irgendetwas. Irgendetwas, das ihm etwas erklären konnte.

Es war nicht angenehm, den Toten zu berühren. Johann konnte kein Einschussloch ertasten.

War er gar nicht erschossen worden? Was hatte es dann mit der Waffe auf sich, die Johann neben der Leiche gefunden hatte?

Viel Blut klebte am Schädel des Toten. Anscheinend hatte man ihn erschlagen wie einen tollwütigen Hund.

21

Nicolaj schlich um das Haus. Seit der Dämmerung hatte er den Hof beobachtet. Im Wohngebäude war den ganzen Abend über kein Licht angegangen. Es war riskant, das wusste er, aber noch eine Nacht in irgendeinem Gebüsch oder Schuppen würde er einfach nicht aushalten. Sein Instinkt sagte ihm, dass der Hof verlassen war.

Beiläufig drückte Nicolaj die Klinke der Haustür runter, zog daran – und war überrascht. Die Tür war offen. Er witschte hinein, öffnete den Koffer, beförderte seine Taschenlampe zutage und arbeitete sich in die Küche vor.

Nicolaj schaute sich um, es herrschte ein ziemliches Durcheinander. Nur sah es keineswegs so unbewohnt aus, wie er gehofft hatte. Leise weiter. Toilette, lange nicht geputzt, Schlafzimmer. Niemand da. Ha! Beim Anblick des Federbetts frohlockte Nicolaj.

Zurück in die Küche, er hatte Hunger und Durst. Er leuchtete sich zum Kühlschrank vor, darin lagen drei Flaschen Bier! Er ploppte einen Bügelverschluss auf, sagte hastig seinen Trinkspruch und leerte die halbe Flasche.

Er leuchtete weiter. Ein altes Radio. Musikkassetten. Papiere. Keimende Zwiebeln – eine Wurst! Nicolaj griff sie und biss hinein. Ein Traum!

Er wurde ruhiger, mit vollen Backen kauend leuchtete er auf dem Küchenbuffet weiter umher und studierte die Kassettenhüllen. Er betätigte vorsichtig den »Play«-Knopf des Radiorekorders. Infernalisches, hart und schnell rhythmisiertes Dröhnen drang aus dem Gerät.

Nicolaj drückte sofort auf »Stop« und schaute sich besorgt um. Für ihn hatte es geklungen, als hätte Adolf Hitler persönlich aus dem Lautsprecher geschrien. Nicht seine Musik.

Nicolaj griff eine leere Kassettenhülle, auf der »Rammstein« stand, auf einer anderen »Bob Marley«, auf der nächsten »Hannes

Wader«. Alles fein säuberlich geschrieben, sodass selbst Nicolaj es gut lesen konnte, dem das Lesen an sich und das der lateinischen Schrift im Besonderen nicht eben in die Wiege gelegt war.

Er klickte das Kassettenfach auf und tauschte das Tonband mit dem apokalyptischen Lärm gegen ein anderes. Lautstärke runter und »Play«.

Eine etwas kehlige Stimme erklang und dazu Gitarre, Hannes Wader sang: »... Bin auf meinem Weg, schon so lang. Verschlagen und träg, schon so lang. Bin müde und leer, will nach Süden ans Meer ...«

Nicolaj verstand kein Wort, aber er spürte, dass es sein Lied war.

Er hörte zu, leerte die Flasche, nahm sich eine zweite, leuchtete weiter umher, der Lichtkegel erfasste eine kleine Schachtel auf dem Küchentisch. Er ging darauf zu und hatte das Format der Verpackung richtig erkannt.

Es war eine halb volle Schachtel mit Patronen vom Kaliber .45.

22

Hauptkommissar Beckmann, heute in einem pinken Poloshirt mit weißem Kragen und dem riesigen Schriftzug »Camp David«, wählte eine Nummer aus Waren/Müritz.

Seine Kollegen hatten den Besitzer des verlassenen BMW ausfindig gemacht. Sie alle hatten die Angelegenheit zunächst nur mit mäßigem Engagement verfolgt, nachdem Wilmine Ahlers aufgeregt das fremde Fahrzeug gemeldet und gleich noch ein paar abenteuerliche Beobachtungen hinzugedichtet hatte, die nicht zueinander passen konnten. Erst der Fund der Leiche unweit des verlassenen Wagens schürte den Einsatzwillen der Kommissare und ihren Verdacht, dass beides, Auto und Leiche, irgendwie zusammenhängen könnte.

Laut Auskunft der Zulassungsstelle war der Besitzer des herrenlos aufgefundenen Wagens ein Mann, wohnhaft Sandstraße 9 in Waren/Müritz, Alter Anfang siebzig. Also augenscheinlich nicht das Opfer.

Diese messerscharfe Folgerung bestätigte sich dem Kommissar, als das Telefon am anderen Ende abgehoben wurde.

»Kröger«, krächzte es heiser, es folgte ein Räuspern und dann noch mal »Kröger«.

»Beckmann, Zentraler Kriminaldienst der Polizeiinspektion Leer/Emden«, meldete sich der Kommissar und nickte seiner Kollegin aus unerfindlichen Gründen verschwörerisch zu. »Wir haben Ihr Auto gefunden.«

»Ich verkaufe nicht«, raunzte der Mann.

»Ich will Ihr Auto nicht kaufen, wir haben es gefunden«, erklärte Beckmann.

»Was machen Sie in meiner Garage?«, klang es rau durch den Lautsprecher.

Beckmann schaute irritiert.

»In Ihrer Garage? Nein, wir haben den Wagen hier gefunden, also in Merschmoor.«

»Wo soll das denn sein?«, war die missmutige Antwort.

Beckmann verdrehte die Augen. Die Menschen in Ostnorddeutschland standen denen in Westnorddeutschland offensichtlich in nichts nach, was ihren Charme anbelangte.

»In Ostfriesland, in der Nähe von –«

Weiter kam er nicht, denn sein ostnorddeutsches Telefongegenüber unterbrach ihn mit einem »Moment mal« und ließ den Hörer, dem Geräusch nach zu urteilen aus größtmöglicher Höhe, auf etwas Hartes krachen.

Konsterniert lauschte Beckmann den sich entfernenden Schritten des alten Mannes. Seiner Kollegin deutete er mit einem Schulterzucken den Stand des Gespräches an.

Nach einer halben Ewigkeit hörte Beckmann das Schlurfen zurückkommen. Er hob seinen Zeigefinger, um der Kollegin eine sich anbahnende Neuigkeit anzukündigen.

»Hallo?«, krächzte es durch den Hörer.

»Jaaa …?« Beckmann dehnte seine Antwort, um sein Übermaß an Geduld auszudrücken.

»Der Wagen ist weg«, sagte der Mann am Telefon.

»Das sage ich doch. Haben Sie den Wagen vielleicht jemandem geliehen?«

»Nä«, kam es entrüstet zurück, als wäre das die idiotischste Frage, die man stellen konnte. »Den hat sicher so'n Witzbold in die Zeitung gesetzt. Nachbarn oder was. Aber ich verkaufe nicht.«

»War denn jemand bei Ihnen, um sich den Wagen anzusehen?«

»Nä. Ich mach nicht auf.«

»Hm. Dann vermuten wir, dass Ihnen der Wagen gestohlen wurde. Wann haben Sie ihn denn zum letzten Mal gesehen?«

»Ich fahr nicht mehr viel«, war die Antwort.

»Wann denn so in etwa?«

»Juli?«, kam es zurück.

»Na ja, jetzt ist Ihr Wagen ja wieder da, die Kollegen melden sich bei Ihnen dann noch mal wegen der Abholung.«

»Wie, Abholung –«

Diesmal war es Beckmann, der das Gespräch abwürgte.

»Auf Wiederhören«, flötete er und drückte auf den roten Hörer seiner Tastatur.

23

Enno blickte aus dem Küchenfenster und sah den gelben Postwagen an der Straße halten. Er erwartete keine Sendung, und auf den Spaßvogel von der Post hatte er auch keine Lust. Zielsicher steuerte der Mann mit einem Paket in der Hand auf Ennos Haustür zu. Wenige Sekunden später klingelte es.

Enno öffnete, rang sich ein muffiges »Moin« ab und wartete, was der Paketmann wohl wollte.

»Moin«, war der vorhersehbare Teil seines Vortrags. »Kannst du was für Focko annehmen?«

Enno überlegte, was er am geschicktesten antworten sollte.

»Der ist nicht da, und ich will das nicht einfach vor die Tür stellen.« Der Bote nickte erklärend in Richtung der tiefschwarzen Wolken, die über ihnen hingen.

Enno schaute zwischen Paket und Postmann hin und her.

»Ist ja vielleicht was Wertvolles drin. Nicht, dass das noch wegkommt«, setzte der nach, um das Ding loszuwerden. Sonst hieße es für ihn wieder, zwei Zettel auszufüllen und das Paket einzulagern.

»So unter Nachbaaarn«, zog der Paketmann fast flehend seinen letzten Trumpf. Er fürchtete, seine vorlauten Bemerkungen bei der letzten Visite könnten sich jetzt rächen.

»Jo, gib her«, entschied sich Enno.

Der Paketmann reichte ihm erleichtert sein elektronisches Quittierteil, Enno krakelte etwas darauf.

»Ist kein Absender drauf«, versuchte der Überbringer Ennos Neugier zu schüren. »Vielleicht hat der sich ja auch so ’ne aufblasbare Gesellschaft bestellt«, wurde er wieder kühn. »Na, is ja auch nicht immer ganz einfach, so allein.«

Enno knallte die Tür zu und schaute auf das Paket in seinen Händen.

***

Eine Viertelstunde später stand Enno im Nieselregen zwischen seinen Kamerunschafen und streichelte sie geistesabwesend.

Vor ein paar Tagen war alles noch gut gewesen, und jetzt ging es den Bach runter. Verfluchter Focko. Verfluchter Russe.

Unschlüssig stand Enno zwischen den Tieren. Sie drängten sich an ihn und stupsten ihn an in der Erwartung, dass er Futter bei sich hatte wie sonst auch.

In seiner Zerstreutheit hatte er ganz vergessen, etwas mit herauszunehmen, und versuchte, es ihnen zu erklären. Aber seine Gedanken wanderten zu Focko, dessen Paket er gerade angenommen hatte.

Was für ein komischer Hund. Über die Jahre war er immer kauziger geworden. Er war der Einzige, der sich andauernd tierisch aufregen konnte über alles, was in der Welt passierte. Eine Zeit lang war er nach Leer geradelt zu den Versammlungen der Republikaner. Dann war er zur PDS umgeschwenkt und hatte bei Siedenbiedel und in Reents Gaststätte, als es die noch gab, klassenkämpferische Parolen von sich gegeben, die die anderen damit quittierten, ihm noch ein Bier und einen Schnaps zu bestellen. Focko war besser als Fernsehen, wenn er gut aufgelegt war.

Vom Klassenkampf blieb im Laufe der Zeit nicht mehr viel übrig, den Kampf der Kleinen gegen die Großen verlagerte Focko auf den Umweltschutz. Er kämpfte gegen alles, was seine ostfriesische Heimat zu verändern drohte. Die großen Energiekonzerne, die die Landschaft mit Windrädern verschandeln wollten, wurden zu seinem größten Feind.

»Am Ende fangen sie noch an, nach Gas zu bohren und Salzsäure in die Erde zu pressen, um die Bohrlöcher offen zu halten. Die Wiesen, die Kühe, alles vergiftet mit Salzsäure, das haben sie anderswo auch schon gemacht und sich 'nen Scheiß um die Umwelt gekümmert«, echauffierte Focko sich und erntete bei den Umstehenden in der Kneipe nur Schweigen.

»Fracking!«, warf er drohend mit sich überschlagender Stimme hinterher, und es klang zur Hälfte so, als sei es die Abwandlung eines englischen Schimpfworts, zur anderen Hälfte sehr deutsch, als hätte es mit eleganter Herrenkleidung zu tun.

Die Gasmafia, die Russen, die Großkonzerne, alles verwirbelte Focko in seinem Furor zu einer einzigen großen Weltverschwörung.

In Etzel hätten sie schon ein Gaslager gebaut, mit Kühen und Dünen auf dem Prospekt, als wäre es eine Werbung vom Fremdenverkehrsamt, und mit einer Zeichnung, die zeigte, dass das Bohrloch tiefer wäre als der Eiffelturm hoch, das wäre doch pervers, wäre das doch.

Schweigen um ihn herum, noch ein Schnaps, noch ein Bier, und Focko begriff, dass er auf niemanden zählen konnte im Widerstand als auf sich selbst.

Eigentlich eine Schande, dass wir ihn damit immer allein gelassen haben, dachte Enno. Vielleicht hatte er ja recht. Das Gaslager in Etzel gab es, das hatte Enno herausgefunden, und die Prospekte gab es auch, mit Dünen und Kühen.

Enno streichelte die großen Nasen seiner Kamerunschafe, kraulte ihre Stirn und versuchte, alle Tiere gleichermaßen mit Zuneigung zu bedenken.

Dann entschied er sich für Trudi.

»Komm mal mit, meine Olle«, flüsterte Enno und zog sie sanft, aber bestimmt am Halsband aus der Herde hinter sich her.

Die anderen Tiere schauten den beiden nach. In ihren Augen mit den großen waagrechten Pupillen hätte Enno, wenn er sich noch einmal umgedreht hätte, eine große Frage lesen können, bei der es um Leben und Tod ging.

24

Heinrich Siedenbiedel hatte den Laden in Ordnung gebracht. Alles stand wieder dort, wo es schon immer gestanden hatte, seit drei Generationen, von den behutsamen Erweiterungen des Sortiments im Laufe der Jahre durch mehr oder minder nützliche Neuerfindungen und Plastikartikel einmal abgesehen.

Die Schäden durch den Einbruch hielten sich in Grenzen: ein zerschlagenes Teeservice, das schon seit sechzehn Jahren niemand hatte kaufen wollen, eine Thermoskanne, die zu Bruch gegangen war, sowie ein zerborstenes Futterhäuschen für Vögel. Zwei Wäscheständer waren verbogen, die Heinrich Siedenbiedel jetzt würde billiger verkaufen müssen.

Gestohlen war fast nichts, von der Mettwurst fehlte augenscheinlich etwas, aber das war zu verschmerzen, und Geld war nicht in der Kasse gewesen, das nahm Heinrich Siedenbiedel abends immer mit in die Wohnung.

Was allerdings noch fehlte, das beunruhigte Heinrich Siedenbiedel so sehr, dass er es nicht einmal seiner Frau erzählen wollte. Er hätte relativ sicher sein können, dass es dann bald auch Wilmine Ahlers wüsste und damit binnen kürzester Frist das ganze Dorf und auch die Polizei.

Mit dem Laden, den er von seinem Vater übernommen hatte, so wie der zuvor von seinem Vater, war auch etwas von Generation zu Generation gewandert, das Heinrich Siedenbiedel immer als einen Talisman betrachtet hatte, damit ihm und dem Geschäft nichts zustoßen möge.

Und nun war dieser Talisman verschwunden und hatte vielleicht eine alles andere als beschützende Kraft entfaltet und seinen Namen ironisch ins Gegenteil verkehrt. Oder eher zynisch, denn anders konnte es schon von den Herstellern nicht gemeint gewesen sein, als sie ihren Colt »Peacemaker« genannt hatten.

Sein Großvater hatte ihn damals eingetauscht, die näheren Umstände erinnerte Heinrich nicht mehr, und seither lag der Revolver in der Schublade unterhalb der Kasse.

Nun war er fort und möglicherweise die Waffe, mit der der Mann im Schilf erschossen worden war.

Es war kurz vor sechs, Heinrich Siedenbiedel erwartete keine Kundschaft mehr, es waren schon alle da gewesen, die gewöhnlich bei ihm einkauften, und trotzdem ertönte jetzt die Türglocke.

Heinrich Siedenbiedel hob den Kopf und kniff die Augen leicht zusammen, denn die Tür wies Richtung Westen, und die eintretende Person stand im Gegenlicht.

Er erblickte einen Fremden.

»Chuten Tag«, brummte der Schattenriss mit schwerem Akzent in warmem Bariton.

»Moin«, unternahm Heinrich Siedenbiedel Lektion eins in Sachen Landessprache.

Der Bariton näherte sich, und beide Männer schauten sich an, der eine unschlüssig, der andere mit lauer Erwartung.

»Suchen Sie Ihren Kollegen?«, fragte Heinrich Siedenbiedel.

»Nix Kollägä«, versuchte Nicolaj, die Tarnung aufrechtzuerhalten.

»Ach so«, sagte Heinrich Siedenbiedel, der sich dachte, dass das nicht stimmen konnte, dem es aber auch vollkommen gleichgültig war.

Nicolaj kramte unentschlossen in den ausliegenden Süßigkeiten herum, nahm einen Schokoriegel und deutete auf eine Flasche Bier im Regal hinter Heinrich Siedenbiedel. Der verstand, dass es nicht um Vorratshaltung, sondern akuten Durst ging, und holte ein kaltes Bier aus dem Kühlschrank.

Nicolaj nickte dankend, nestelte einen Fünf-Euro-Schein auf den Zahlteller, nahm das Wechselgeld und nickte zum Abschied stumm dem Kaufmann zu.

Mit seinem Versuch der perfekten Tarnung hatte Nicolaj

sich um die Erkenntnis gebracht, was aus Putin geworden war. Oder er hatte sie sich erspart, ganz wie man es sehen wollte. Aber nun wusste er, dass er hier gewesen war.

25

»Herr Renken«, rief es in der Diele. Johann erkannte die Stimme des Kommissars.

Er schlappte in die Diele, und statt die erneut ungebeten eintretenden Gäste weiter hineinzubitten, wies er mit der Hand nach draußen.

Vor dem Haus zeigte er auf eine Bank, auf die sich die beiden Beamten nach einem kurzen Blick zum tiefgrauen Himmel folgsam setzten. Johann griff sich einen alten, verwitterten Küchenstuhl, der dort herumstand, drehte ihn um, sodass er sich sitzend mit den Ellbogen auf die Rückenlehne stützen konnte, und schaute seine Gäste ausdruckslos an.

»Herr Renken, wir haben etwas über Ihre Vorgeschichte herausbekommen«, eröffnete der Mann im »Camp David«-Shirt das Gespräch.

»Ach«, machte Johann.

»Warum haben Sie uns nichts davon erzählt?«

»Warum hätte ich sollen?«

Und, nach einer Pause: »Vorgeschichte ist Geschichte, oder? Das sagt das Wort ja schon.«

Und, nach einer weiteren Pause: »Erzählen Sie es jedem, wenn Sie vor hundert Jahren irgendwo falsch geparkt haben?«

»Also, Sie wollen das doch wohl jetzt nicht mit Falschparken vergleichen«, schaltete sich die Kollegin ein.

»Das ist vorbei. Und was hat das mit mir zu tun, wenn da einer tot hinterm Deich liegt?«

»Na, immerhin sind Sie der Einzige in der Gegend, der schon mal mit einem Tötungsdelikt in Verbindung stand«, offenbarte der Kommissar seine dürftige Argumentation.

»Das war keine Tötung, sondern ein Unfall …«

»Das hat der Richter damals anders gesehen.«

»Tja.« Johann hatte keine Lust, noch einmal vergeblich auf »unschuldig« zu plädieren.

»Herr Renken, besitzen Sie eine Waffe?«

»Nö. Und wenn ich hundert hätte. An dem Abend war Harm bei mir. Wir werden den ja nicht zusammen umgebracht haben.«

Der Kommissar sah für einen Moment so aus, als würde er diese Möglichkeit in Gedanken durchspielen, um sie dann wieder zu verwerfen.

»Warum sind Sie damals zurückgekommen?«, fragte die Kommissarin.

»Weil das Haus da war.«

»Nur deshalb?«

»Und weil hier Ruhe ist. Dachte ich. Aber das sieht ja nun nicht mehr so aus.«

26

Enno stand in seiner Küche vor dem Päckchen, das an Focko Poppen adressiert war. Sollte er es öffnen?

Focko würde es ja nicht jucken, aber es gehörte sich nicht, in anderer Leute Sachen rumzuschnüffeln. Andererseits hatte Enno das Gefühl, dass er dadurch vielleicht etwas erfahren konnte. Etwas, das ihn Focko besser verstehen ließ.

Er wollte ihn unbedingt besser verstehen, jetzt, nachdem ihn das jahrelang nicht die Bohne interessiert hatte.

Und Focko würde es nicht merken.

Also griff Enno zu seinem Küchenmesser, schlitzte das Paket ebenso gekonnt auf wie zwei Tage zuvor sein eigenes Päckchen vom Army-Shop 24 und lugte in den Karton hinein.

Obenauf lag Prospektmaterial und ein Anschreiben an »Herrn Volker Poppen«, das mit den Worten »Herzlichen Glückwunsch zu Ihrem Kauf« begann.

Dann hieß es weiter: »Eine gute Wahl! Mandy, die rassige, dunkelhäutige Dschungelbraut für ausgedehnte Sex-Safaris. Nach welchem Lust-Abenteuer Ihnen auch der Sinn steht – Mandy ist allzeit bereit!«

Enno ließ den Zettel entgeistert sinken, er wollte nicht mehr weiterlesen, aber der nächste Satz hatte ihn schon in seinen Bann gezogen: »Und ihre markantesten Intimzonen leuchten im Dunkeln.«

Jetzt reichte es aber.

Enno legte den Zettel auf den Karton. Er konnte auf die Schnelle nicht sagen, wann er sich zuletzt so geschämt hatte. Er wusste allerdings nicht, wofür er sich hauptsächlich schämte, für seine Neugier, sein Eindringen in Fockos einsame Intimsphäre, für dessen seltsame Neigung, für die zweifelhafte Erfindung, die da gefaltet in dem Karton lag – oder ob er es einfach nur traurig fand, dass Focko die rassige Mandy bestellen musste.

Dann hätte er sein eigenes Einsiedlerleben auch traurig finden müssen, und vielleicht war es das, was Enno am meisten betrübte.

Immerhin kein Rassist, schmunzelte Enno schließlich, als er aus dem Augenwinkel wahrnahm, wie ein Kamerunschaf in leuchtend roten Strapsen zur Tür hereinmarschierte, die gespitzten Lippen im selben Farbton geschminkt. Auch die Wimpern schienen irgendwie gefärbt und viel länger, als Enno sie bislang wahrgenommen hatte.

Die Schafdame schwang elegant ihre haarigen Hüften, setzte einen verführerischen Schlafzimmerblick auf und zwinkerte Enno zu, der verunsichert zurückwich, gegen den Küchentisch stieß und die Teetasse von der geblümten Wachstischdecke fegte.

Enno erwachte von einem Klirren. In seinem strapsdurchwirkten Traum hatte er den Bilderrahmen vom Nachtschrank gestoßen, in dem seine Jugendliebe Imke jetzt hinter Scherben schüchtern lächelte. Leider war Enno noch schüchterner als sie gewesen, und deshalb war es nie zu mehr als einem flüchtigen Kuss gekommen, den Imke ihm auf die Wange hauchte, als sie ihm das gewünschte Bild von sich geschenkt hat. Enno stand damals wie vom Donner gerührt, und auch die lange Wartezeit, die Imke ihm geduldig einräumte, reichte nicht aus, um wieder zu Sinnen zu kommen, und so ging sie dann einfach irgendwann.

Später war sie nach Indien gezogen, das hatte er noch mitbekommen, und er stellte sie sich an der Seite eines langbärtigen Turbanträgers vor, mit Punkt auf der Stirn, und vielen Turbankindern, die mit kleinen Elefanten spielten.

Enno richtete sich auf und war wieder ganz benommen, wenn auch jetzt aus völlig anderem Grund. Er war nicht sicher, was Traum und Wirklichkeit war, und als sein Kreislauf sich beruhigt hatte, stand er auf, denn er hatte beschlossen, das Paket zu öffnen. Er musste herausfinden, ob er etwa seherische Fähigkeiten und erahnt hatte, was sich darin befand, oder ob sein absurder Traum mit seiner Einsiedelei zu tun hatte.

Er wusste nicht, welcher Gedanke ihm mehr Angst machte, und er hoffte inständig, dass er etwas anderes in dem Paket finden würde als eine schweigsame Mandy. Auch wenn das bedeutete, dass er seltsame Dinge träumte, war ihm das zwar unangenehm, aber bedeutend lieber, als im Besitz übersinnlicher Kräfte zu sein.

Er ging in die Küche, nahm das Messer, schlitzte den Karton auf wie gerade zuvor in seinem Traum und hielt kurz die Luft an. Zuoberst lag ein Anschreiben, adressiert an »Herrn Volker Poppen«. Das gab es ja wohl nicht! Dieselbe Namensverballhornung, die er geträumt hatte! Aber andererseits auch die übliche, die friesische Menschen außerhalb ihres natürlichen Lebensraumes erlitten.

Hektisch las Enno weiter, doch war dann schnell beruhigt. Der vorliegende Brief nahm einen anderen Verlauf als der im Traum, es war eigentlich nur ein Lieferschein:

6 x 250 g	*Aluminiumpulver German Dark*	Stck	€ 28.-	€ 168.-
3 x 500 g	*Wacholderholzkohlepulver*	Stck	€ 15,-	€ 45.-

Unter dem Lieferschein fand Enno die in Folie verpackte Ware, mehrere separat in Plastikfolie eingeschweißte Beutel, in denen sich vermutlich befand, was der Lieferschein auswies: Durch drei Beutel schimmerte es fast schwarz, durch sechs silbrig grau.

Focko, der alte Pfennigfuchser, gab so viel Geld aus für gemahlenes Metall? Das wollte Enno nicht in den Kopf. Was hatte er damit vorgehabt? Konnte man damit den alten Zaun wieder auf Vordermann bringen? Was konnte man überhaupt damit anfangen? Und was mit Holzkohlepulver? Holzkohle schön und gut, am Wochenende vertrieben sich Städter die Zeit, indem sie damit grillten, ohnehin totaler Unsinn, aber Focko mit Grillhandschuhen und Wurstzange, der fröhlich Koteletts wendete? Unvorstellbar. Und ob das Zeug pulverisiert überhaupt brannte? Das war doch so gut wie Abfall.

Enno stand vor dem geöffneten Karton und merkte, dass ihm eine aufblasbare Puppe deutlich weniger Fragen beschert hätte.

Lieber hätte er sich nur mit den Rätseln von Paketinhalten befasst. Aber er wusste, dass draußen jemand auf ihn wartete.

27

»Die Waffe muss ja aus einem Museum sein«, maulte Hauptkommissar Beckmann, während er mit dem Finger nach der Erde seines Geldbaums tastete. »Wer hat denn so was heute noch?«

»Sammler vielleicht?«, erwiderte seine Kollegin.

»Jedenfalls ist es die Tatwaffe, so viel steht fest.« Beckmann blätterte im Autopsiebericht.

»Oder jemand, der selbst schon älter ist«, nahm die Kommissarin den Faden noch einmal auf.

»Aufgesetzter Schuss, Schmauchspuren an der Schläfe«, ignorierte Beckmann ihre Bemerkung.

»Ich erinnere mich«, kam es von gegenüber.

Beckmann blätterte weiter, um etwas Neues zu finden, mit dem er aufwarten konnte. Zu seiner Erleichterung klingelte das Telefon.

Er nahm ab, meldete sich und sagte die folgenden drei Minuten lang etwa im Fünfzehn-Sekunden-Takt abwechselnd:

»Aha …«

»Verstehe …«

»Hmm-mm …«

»Okay …«

»Ah ja …«

»Na gut …«

Und schließlich »Danke«, bevor er auflegte.

»Die Kollegen aus Waren/Müritz.«

Er blätterte weiter im Hefter der Gerichtsmedizin und versuchte, sich demonstrativ in den Bericht zu vertiefen. Als er spürte, dass die Augen der Kollegin Hartung auf ihm ruhten, schaute er auf.

Sie schickte ihm einen so intensiv fragenden Blick, dass Beckmann sich zu einer Erklärung genötigt sah.

»Sie haben die Garage untersucht, aus der der Wagen verschwunden ist. Nichts. Keine Fingerabdrücke. Keine verwertbaren Spuren.«

»Aha.«

Beckmann schlug den Hefter zu. »Was machen wir?«

»Hinfahren.«

»Wohin?«

»Wer ist der Älteste, mit dem wir im Dorf bisher gesprochen haben?«

Sie wartete das Ergebnis von Beckmanns angestrengtem Nachdenken nicht ab, dem ein Zusammenhang zwischen dem Alter des Revolvers und dem irgendeines Dorfbewohners offenbar nicht einleuchten wollte. Sie erhob sich, griff nach ihrem Holster mit der Dienstwaffe, und Beckmann tat es ihr unwillig gleich.

Im Hinausgehen nahm sie seinen Wildlederblouson vom Bügel, hängte ihn auf ihren Zeigefinger wie auf einen Kleiderhaken und hielt ihn Beckmann hin. Der schaute sie fragend an, sie ließ ihren Blick demonstrativ von oben nach unten und wieder zurück über sein pinkes Shirt mit dem großen Schriftzug gleiten.

Beckmann hielt an sich, ging einem Gespräch über Männermode aus dem Weg, griff die Jacke und folgte ihr nach draußen.

Auf dem Weg zum Wagen fiel ihm doch noch etwas ein, das er im Obduktionsbericht gelesen und zumindest für ihn Neuigkeitswert besessen hatte.

»Er war wohl an irgendetwas gefesselt«, berichtete er stolz, »mit Klebeband.«

28

Enno hatte es so lange wie möglich hinauszögern wollen. Aber sicher war sicher. Es half nichts.

Er zog seine Kamerunschafdame Trudi an einem Strick hinter sich her und ging querfeldein, zwei Kilometer zum Nachbarhof. Es war wieder den ganzen Tag nicht richtig hell geworden, jetzt dämmerte es endgültig, und die Wolken hingen tief. Erst hatte es heftig geregnet, und nun nieselte es, die Wege waren morastig, Ennos Gummistiefel erzeugten ein schmatzendes Geräusch.

Enno hatte es bislang halbwegs geschafft, die Ereignisse der letzten Tage auszublenden, aber durch die blöde Fragerei der Polizei wurde es unmöglich, und er musste nun nicht nur wieder an alles denken, sondern auch noch handeln, obwohl er doch immer noch längst nicht verstand, was da eigentlich passiert war.

Er stellte sich vor, wie Focko mit der geklauten Pistole vom alten Heinrich Siedenbiedel am Küchentisch saß.

Mit der geklauten Pistole und einer Mettwurst, von der er sich etwas heruntersägte.

Vermutlich war es Heinrich Siedenbiedel klar, dass nur Focko als Dieb in Frage kam, wenn es denn kein Fremder war. Aber warum sollte sich ein Fremder zu ihnen verirren, der Mettwurst und eine Waffe gebrauchen konnte?

Außer den paar Touristen, die unbegreiflicherweise Spaß oder zumindest eine Form masochistischer Freude daran hatten, bei jedem Mistwetter im steten Gegenwind über die Deiche zu radeln, kam eigentlich niemand zu ihnen. Warum auch? Es gab ja nichts zu sehen, und das war allen im Dorf sehr recht.

Also blieb nur Focko. Focko, der Verrückte, bei dem jeder Angst hatte, dass er irgendeinen Blödsinn machen könnte, und genau deshalb sprach keiner darüber, dass er vielleicht der Einbrecher bei Siedenbiedel gewesen sein könnte. Um ihn zu schützen, um ihn wenigstens nicht auch noch zu verpfeifen, wenn sie ihn schon nicht ernst genommen hatten in seinem wilden Engagement gegen alles, das ihre Ruhe stören könnte.

Aber vielleicht hätten sie doch etwas sagen sollen, vielleicht hätten sie Focko genau davor bewahren können: einem Blödsinn. Aber es war ja alles viel zu schnell gegangen.

***

Über seinen Grübeleien hatte Enno den Hof von Focko erreicht. Eigentlich waren es sogar zwei Gehöfte, die nebeneinanderlagen. Fockos Eltern stammten aus zwei Nachbarsfamilien, und das Paar hatte beide Höfe behalten. Was hätten sie auch anderes machen sollen? Kaufen wollte in der Gegend sowieso niemand etwas, Aussteiger mit romantisierender Landsehnsucht gab es hier wenige, die nächste Großstadt war einfach zu weit weg.

Als Fockos Mutter starb, verfiel als Erstes der Hof ihrer Familie. Fockos Vater verkümmerte in gleichem Maße und sorgte sich auch nicht mehr um den eigenen Hof, und so verkamen beide Anwesen nach und nach.

Focko hatte nur Küche und Schlafzimmer im väterlichen Hof halbwegs bewohnbar erhalten.

Wilmine Ahlers hatte natürlich sofort gewusst, dass da nur die ordnende Hand einer Frau fehlte, aber die gab es ja nun mal nicht bei Heinrich Siedenbiedel zu kaufen, und sowohl Focko als auch sein unterdessen verstorbener Vater mussten als eher schwer vermittelbar gelten.

Ganz schön fertig alles, dachte Enno. Dagegen war sein eigener Hof ja noch gut in Schuss, obwohl sich sicher auch seine Eltern im Grab umdrehen würden, wenn sie sehen könnten, was aus ihrem Hof mit den schmucken Blumenrabatten geworden war. Sogar einen Steingarten hatte seine Mutter angelegt.

Seine ganze Generation hatte irgendwie kein glückliches Händchen, sinnierte Enno. Focko, Johann, er selbst, keiner so richtig. Keine symmetrisch gestutzten Hortensien. Keinen Plan. Aber mit fünf Kühen und drei Säuen konntest du heutzutage auch keinen Blumenpott mehr gewinnen. Viel Arbeit, kaum Ertrag und nicht genug, um von Subventionen leben zu können, bedauerte Enno den Niedergang der Bauerndynastie Osmers und sich selbst.

Trudi zog Enno an ihrem Strick aus seinen Gedanken.

Zu sehen war niemand, wer auch?, und Enno öffnete die angelehnte Tür zur Scheune. Er scheuchte seine Schafdame hinein und zog die Tür hinter sich zu. Zwischen den alten Planken, mit denen die Scheune verschalt war, fiel in schmalen Streifen das restliche Licht des Tages hinein. Genug, um nicht über den Stuhl zu stolpern, der herumlag.

Trudi begann, von dem uralten Stroh zu fressen, und Enno setzte sich auf den Boden.

Hinter ihm, an der einzigen vor ewigen Zeiten einmal weiß getünchten Wand, waren bräunliche Spuren zu sehen, ein größerer Fleck und drum herum eine Menge Spritzer. Die Flecken hatten erst durch Antrocknen ihren dunklen Ton erhalten.

Vor Kurzem noch waren sie blutrot gewesen.

29

»Da war 'n Fremder, aber ob das der auf dem Foto war, kann ich Ihnen nicht sagen, der sieht da ja nicht mehr so gut aus«, sagte Heinrich Siedenbiedel und legte das Bild wieder auf den Tresen.

»Ach, und warum haben Sie uns das nicht gleich gesagt?«, fuhr Kommissar Beckmann ihn an.

»Vergessen. Haben Sie ja nicht so direkt danach gefragt.« Heinrich Siedenbiedel ließ sich nicht aus der Ruhe bringen.

»Und wann war das?«

»So vor 'ner Woche vielleicht.«

»Geht das auch etwas genauer?«

»Glaub nich.« Wenn Heinrich Siedenbiedel etwas auf den Tod nicht leiden konnte, dann war das so eine schulmeisterliche Art, nachzuhaken.

»Und was hat er so getan oder gewollt, dieser Fremde?« Beckmann wippte auf seinen Zehen.

»So gefragt, nach diesem und jenem.«

Die Männer sahen sich an, und eine Pause entstand.

Es war Heinrich Siedenbiedel, der schließlich die Initiative ergriff: »Ach, und 'n Stück Mettwurst hat er gekauft.«

»Interessant. Und was hat er so wissen wollen? Was war ›dieses‹ und ›jenes‹, wonach er gefragt hat?« Beckmann geriet offenbar an die Grenzen seiner Geduld. Seine Kollegin ließ ihn diesmal gewähren.

»Würde ihn an seinen Opa erinnern, hat er gesagt.«

»Was würde ihn an seinen Opa erinnern?«, fragte Beckmann irritiert. »Ich wollte wissen, wonach er gefragt hat!«

»Ob wir die selber machen.«

Beckmann war sehr kurz davor, eine Dummheit zu begehen.

»›Nee‹, hab ich ihm gesagt, ›die ist von Schlachter Kossmann.‹ Wir haben früher ja auch geschlachtet, wissen Sie, aber seit die Kinder aus dem Haus sind, lohnt sich das nicht mehr. So viel wird die auch wieder nicht gekauft.«

»Hat er noch irgendwas gesagt, was für uns von Interesse sein könnte? Nun reden Sie schon!«

»Mögen Sie mal ein Stück?«, fragte Heinrich Siedenbiedel zuvorkommend und hielt dem Kommissar die Wurst hin.

Beckmann holte tief Luft, drehte sich um, atmete aus und wandte sich wieder Heinrich Siedenbiedel zu.

»Und Sie bleiben dabei, dass Sie keine Waffe besitzen oder besessen haben? Könnte ja sein, dass Sie das auch vergessen haben.«

»Nö. Ich vergess nix.«

Die beiden Kripobeamten sahen sich an, nickten sich zu und machten auf ihren Absätzen kehrt. Grußlos gingen sie Richtung Tür.

»Ach ja. Nach 'ner Tankstelle hat er gefragt«, rief der Kaufmann ihnen hinterher. »Sehn Sie, hab ich nicht vergessen!« Er strahlte die beiden an.

»Hatte er ein Auto?«, fragte Beckmann.

Heinrich Siedenbiedel schaute Beckmann mit einem Blick an, der ihn dazu nötigte, die mangelnde Brillanz seiner Frage selbst einzusehen.

»Vielleicht ein altes Auto?«, präzisierte die Frau.

»Na ja, neu war das nicht.«

Die Kommissarin zückte ein Foto des verlassen aufgefundenen BMW und ging noch mal auf Heinrich Siedenbiedel zu.

»War's das?«

»Könnte wohl gewesen sein. Könnte aber auch eins gewesen sein, das bloß genauso aussieht.« Er blinzelte die Kommissarin freundlich an.

»Sie verkaufen auch Klebeband?«, fragte Beckmann, nachdem er seinen Blick durch den Laden hatte schweifen lassen. Diese sture Krämerseele würde er schon noch knacken.

»Darf ich das nicht?«, fragte Siedenbiedel arglos.

Die beiden Polizisten sahen sich an, drehten sich um und gingen.

Dass der Fremde Heinrich Siedenbiedel nicht nur nach einer Tankstelle, sondern auch nach dem Besitzer eines bestimmten Grundstücks gefragt hatte, das verriet er den Beamten nicht.

Und auch nicht, dass da noch einer gewesen war. Aber der hatte wiederum mit dem Ersten auch gar nichts zu tun. Hatte der ja jedenfalls behauptet.

Und so genau hatten die beiden Kriminaler ihn ja nicht gefragt.

30

Nicolaj stand auf dem erlengesäumten Sandweg vor dem alten BMW 1602 und war sicher, eine Spur von Putin gefunden zu haben.

Das Landei hatte eine kindliche Begeisterung für alte Autos, und es war ihm nicht auszutreiben, für alle Aufträge, die einen fahrbaren Untersatz erforderlich machten, irgendeinen auffälligen Oldtimer zu stehlen statt eines stinknormalen Durchschnittswagens.

Das trieb Nicolaj regelmäßig zur Verzweiflung und die Bosse in Berlin zu größter Wut, aber Putin war überzeugt, dass das die perfekte Tarnung war. Wer würde einen Ganoven in einem gepflegten alten Auto vermuten? Vielleicht behauptete er aber auch nur, dass er es für eine großartige Taktik hielt, weil er einfach gern alte Autos fuhr.

Dieser Wagen hier erinnerte Nicolaj an ein Bild, das Putin ihm auf einer alten, ausgeblichenen Zeitungsseite gezeigt hatte, die er immer mit sich herumtrug, klein gefaltet auf die Größe einer Streichholzschachtel. Die Zeitung hatte in den siebziger Jahren auf verschlungenen Pfaden ihren Weg nach Krasnojarsk genommen, darin eingewickelt war ein gebrauchtes Maschinenteil, das der Vater sich hatte schicken lassen.

Und Putin, vielleicht sechs oder sieben Jahre alt, hatte in der zerknitterten Zeitung mit der fremden Schrift das Foto eines BMW 1602 entdeckt. Die großen Fenster, die elegante Form! Er träumte sich hinter das Steuer des Wagens, und fortan war jedes plumpe Holzauto, mit dem er spielte, jener schicke chromglänzende Wagen aus einer anderen Welt.

Nicolaj resümierte: Der Wagen musste von Putin stammen, und im Krämerladen war ein Landsmann aufgetaucht. Er war ihm also dicht auf der Spur, seinem sibirischen Fischkopf. Aber wo steckte der alte Hund? Und warum stand der Wagen verlassen in der Gegend herum? Putin würde doch nicht etwa denselben peinlichen Fehler begangen haben wie er selbst und ohne Benzin liegen geblieben sein?

Der Radius, innerhalb dessen er Putin finden würde, war also überschaubar. Vielleicht war ihm jemand auf den Fersen gewesen, er hatte den Wagen stehen lassen, war zu Fuß getürmt und irgendwo untergetaucht. Dann könnte die Ware noch im Auto sein! Oder seine Verfolger hatten sie ihm abgejagt.

Nicolaj ging um das Auto. Er fand keine Spuren eines Kampfes. Er sah im Wagen nach, den er schneller geöffnet hatte als ein durchschnittlicher Wagenbesitzer mit dem Schlüssel. Auf und unter den Sitzen, im Handschuhfach: Fehlanzeige. Der Kofferraum: leer.

Dann steckten also Putin und die Ware irgendwo in der Nähe.

31

Johann hatte seinen Bedarf an Klebeband unterschätzt. Die schwarze Folie, die sein Vater vor wahrscheinlich dreißig Jahren einmal gekauft hatte, um hinter dem Haus einen Zierteich anzulegen, wozu es aber nach dem Tod seiner Frau und seiner Interessenverlagerung hin zu verstärktem Alkoholkonsum nicht mehr gekommen war, erwies sich als vollkommen stabil und reißfest, so als sei sie frisch aus dem Laden.

Eine riesige Umweltsauerei eigentlich, dachte Johann, das Zeug verrottet ja in tausend Jahren nicht, wenn das mal im Boden ist. Dabei musste er an das Umweltengagement seines alten Kumpels Focko denken, den er gerade in die unverrottbare Folie einwickelte.

Nun war also das Klebeband alle, und Johann griff sich ein paar alte Kälberstricke, die in der Scheune Staub angesetzt hatten. Als er sie um das Paket wand und zuzog, riss einer der mürben Stricke nach dem anderen. Scheiß-Naturprodukte, dachte Johann sich, die Umweltschützer waren doch eben nur Gegner des praktischen Fortschritts.

Er fand noch ein paar andere Schnüre, um sein Päckchen transportsicher zu verpacken, wischte sich zum wiederholten Male innerhalb weniger Tage den Schweiß von der Stirn, was er zuvor jahrelang nicht mehr getan hatte – er konnte sich gar nicht erinnern, wann überhaupt zuletzt, bevor das alles begonnen hatte.

Die Schuhe gewechselt von Gummi auf Filz, ein Bier aus dem Kühlschrank und erst mal durchschnaufen.

Beim Anblick der aufgewellten und angetrockneten Zungenwurst im Kühlfach kam Johann die TKB Bellinghusen in den Sinn, die Tierkörperbeseitigung aus Leer.

Wenn er jetzt Focko zu einem der großen Milchviehbetriebe schaffte und … Nein, das brachte er nun auch nicht fertig, Focko zu Mehl verarbeiten und dann ans Vieh verfüttern zu lassen. Ekelhaft genug, dass die Viecher zu Kannibalismus gezwungen waren, indem sie mit Tiermehl gefüttert wurden, aber Focko auch noch darunterzumengen …

Immerhin eine elegante Art, einen Mord zu vertuschen, dachte Johann sich, aber da er Focko ja nicht umgebracht hatte, sah er auch nicht ein, warum er die perfekte Beseitigung einer Leiche organisieren sollte. Nur loswerden, das wollte er sie schon gern.

Bier Nummer zwei. Noch war es zu früh, um mit dem Paket auf Reisen zu gehen. Johann wusste zwar nicht, wer so kurz vor Mitternacht noch wach sein sollte, aber Ennos Lebenswandel, an dessen Hof er vorbeimusste, kannte er nicht gut genug, um vollkommen ausschließen zu können, dass der noch nicht im Bett lag.

So öffnete Johann irgendwann Bier Nummer sechs, aber statt danach die Treppe nach oben ins Schlafzimmer zu nehmen und sich in das alte Federbett fallen zu lassen, wechselte er das Schuhwerk zurück auf Gummi und ging über den Hof in Richtung Scheune. All seine Rituale waren durcheinandergebracht, zum Teufel! Johann echauffierte sich innerlich so sehr über die Störung seiner Ruhe, dass er den Tod seines in Folie gehüllten einstmals besten Freundes erstaunlich gelassen nehmen konnte.

Die leuchtende Taschenlampe platzierte er auf einem Balken. Im schummrigen Licht der Scheunenbeleuchtung wuchtete Johann nun den in Folie gehüllten Focko in seine alte Schubkarre. Verflucht, war der Kerl schwer! Dabei war er doch zu Lebzeiten so ein schmächtiges Männchen gewesen. Von wegen, Alkohol macht dick. Aber schwer anscheinend schon.

Johann nahm die Taschenlampe zwischen die Zähne. Praktisch wäre sie ja schon, so eine Stirnlampe, wie sie die dämlichen Radfahrer auf dem Deich teilweise bei Dunkelheit trugen, aber bevor er sich so einen neumodischen Mist kaufte, würde er lieber im Stockdunklen umhertapsen und sich die Gräten brechen.

Mit der Schubkarre stieß er die Scheunentür auf, löschte innen das Licht, und nachdem er das Tor hinter sich geschlossen hatte, knipste er auch die Taschenlampe aus und steckte sie in die Hosentasche. Schließlich wollte er ja nicht weithin sichtbar als wandelnder Leuchtturm auf sich aufmerksam machen.

Den Weg kannte er. Auch wenn er ihn viele Jahre nicht mehr gegangen war, würde er ihn immer noch im Schlaf finden. Es war ja mal der Weg zu seinem besten Freund gewesen.

32

Mittlerweile fiel kein Licht mehr zwischen den Latten hindurch in Fockos Scheune. Es war dunkel geworden, und das Licht nahm den umgekehrten Weg. Enno hatte die trübe elektrische Beleuchtung eingeschaltet.

Er legte seinen Arm um Trudi. In der anderen Hand hielt er ein langes Messer. Er kraulte Trudis Stirnlocken, setzte das Messer an ihrer Kehle an.

Er führte einen Schnitt, schnell, tief, weil es ihm anders völlig unmöglich war, und im selben Maß, in dem jetzt dem Schaf das Blut aus der Kehle quoll, schossen Enno die Tränen aus den Augen.

Er umklammerte das Schaf, das zu zucken begann, und Enno zuckte unter dem Weinkrampf, der ihn überkam. Er wollte es rückgängig machen, konnte es nicht, wie denn, er konnte es nicht ertragen, es war schwer zu sagen, wer hier wen tröstete, das sterbende Schaf ihn oder umgekehrt, weich und warm lag es in seinen Armen, ihm ganz ausgeliefert, ihm vertrauend hatte es sich an ihn geschmiegt, so oft hatte er es gestreichelt, gerufen, langsam starb es in seinen Armen, und in gleichem Maße starb etwas in ihm.

Er streichelte Trudi, redete auf sie ein, tröstete sie, wusste, dass er der Grund war, dass sie Trost brauchte, dass es seine Schuld war, seine verdammte Schuld, und er sah nichts mehr vor lauter Tränen.

Trudis Körper lag ruhig. Enno schluchzte, weinte, schrie, seine Hände waren voller Blut, sein Hemd, alles war voller Blut, er stand auf, schmierte das Blut von seinen Händen an die Wände, schrie, weinte, beugte sich wieder über Trudi, ihre Augen waren jetzt ohne Leben, und wer Enno jetzt in seine Augen geblickt hätte, hätte wohl dasselbe von ihm gesagt.

Er streichelte ihre Stirnlocken und spürte, dass das nicht mehr Trudi war.

Enno warf ein Seil über einen Querbalken, band es an Trudis Hinterbeinen fest und zog sie hoch, sodass sie kopfüber dahing und das Blut ihr aus der Kehle lief. Wie viel Blut so ein kleines Schaf in sich trug. Enno stellte eine Wanne darunter, um es aufzufangen. Er setzte sich, vergrub sein Gesicht in den Händen, die rot waren und jetzt auch seine Wangen rot färbten.

***

Draußen, in einiger Entfernung von Fockos Scheune, setzte Johann keuchend die Schubkarre ab. Er sah das Licht, das durch die Holzlatten des Verschlags fiel, und wunderte sich. Wieso war Licht in Fockos Scheune? Hatte der das angelassen, vor Tagen, als er noch lebte? Oder trieb sich irgendjemand dort herum, womöglich Fockos Mörder?

Johann ließ die Karre mit dem toten Focko, wo sie war, und schlich sich vorsichtig an die Scheune heran. Er hörte ein seltsames Greinen und Rumpeln, einen Aufschrei und konnte sich keinen Reim auf die Geräusche machen. Wurde schon wieder jemand umgebracht?

Und was, wenn er entdeckt werden würde? So gut das in seinem groben Schuhwerk möglich war, schlich Johann bis zur Bretterwand der Scheune und versuchte, durch einen Spalt etwas zu erspähen. Was er sah, verschlug ihm die Sprache und war ein beinahe noch größeres Rätsel als alles, was ihm in den Tagen zuvor begegnet war.

Wenn er sich je für Kunst interessiert hätte, hätte ihn die Szenerie, die er sah, an ein Happening von Otto Muehl aus den sechziger Jahren erinnert: Von der Decke hing ein totes Schaf, darum herum sprang wie von einem Dämon besessen der über und über besudelte Enno und verteilte Blut in der ganzen Scheune, schüttete es aus einer Wanne gegen die Wand und schrie und jammerte dabei.

Johann drehte sich um, lehnte sich an die Scheunenbretter und schaute in die Dunkelheit. Was zum Teufel war das dadrinnen?

Was ging da vor? Hatte Enno vollkommen den Verstand verloren? Offensichtlich ja. Aber warum? Gehörte er irgendeiner seltsamen Sekte an? Nahm er Drogen? Hatte er im Blutrausch auch Focko umgebracht?

Konsterniert schlich Johann zu seiner Schubkarre mit Focko zurück. Er sah das in Teichfolie geschnürte Bündel mitleidig an und überdachte seinen Plan. Eigentlich hatte er Focko ja dorthin bringen wollen, wo er hingehörte, nämlich auf dessen eigenen Hof. Sollte ihn da doch wann auch immer finden, wer wollte. Was hatte er damit zu schaffen? Er wollte ihn einfach loswerden und nicht noch mal irgendeinen Fehler machen beim Vertuschen von etwas, womit er im Grunde nichts zu tun hatte, so wie es ihm beim Entsorgen der Waffe passiert war.

Johann entschloss sich, einfach zu warten. Irgendwann würde Enno sich ausgetobt haben und wieder nach Hause gehen. So hoffte er.

33

Beckmann saß im Schein seiner Schreibtischlampe, vor sich eine aufgeschlagene Akte, daneben ein leeres Notizblatt, in der Rechten einen Bleistift. Er wusste aus Filmen, dass Kommissare, die an kniffligen Fällen arbeiteten, oft nächtelang im Büro saßen, Fertigpizza oder gar nichts aßen, kaum schliefen, sich nicht rasierten und schlecht gelaunt waren. Er wusste zwar nicht, ob seine Kollegen im wahren Leben das wirklich so hielten, aber er wollte nichts unversucht lassen.

Die schlechte Laune stellte für ihn ohnehin kein Problem dar, den Rest würde er auch noch hinbekommen. Nur der Fall löste sich deshalb leider nicht von selbst, das war äußerst misslich. Es war ein bisschen so, als würde man ein Buch kaufen und glauben, mit dem Erwerb habe man das darin enthaltene Wissen schon aufgesogen. Beckmann hatte eine ganze Reihe von Büchern zu Hause, die er mit diesem frommen Wunsch gekauft hatte. Hatte er überhaupt mal eines zu Ende gelesen?

In Gedanken ging er die Buchrücken in seinem Regal durch. »Schuld und Sühne«, »Vergebung«, »Die Räuber«, »Der Prozess«, »Wem die Stunde schlägt«, »Warten auf Godot« …

Konzentration! Der Fall! Crassula ovata gemahnte ihn aus dem Halbschatten heraus des Aktenstudiums. Es war, als würde seine Mutter zu ihm flüstern.

Beckmann starrte auf die Akte wie ein Schüler auf seine Klassenarbeit, deren Aufgabenstellung er nicht einmal verstand. Abschreiben war in diesem Fall leider keine Option.

Also noch mal von vorn: Der Tote war nicht zu identifizieren; dass er mit der gefundenen Waffe erschossen worden war, half auch nicht weiter, solange man nicht wusste, wem sie gehörte. Eine ominöse Gestalt mit einem Nachtsichtgerät, die vermutlich in die Sache verstrickt war, der er aber nichts nachweisen konnte. Ansonsten zwei geklaute Autos, eine Handvoll maulfauler Zeugen, die nichts wissen oder sagen wollten, und eine vollkommen unbrauchbare Informantin, die alles gesehen haben wollte und in Wahrheit gar nichts wusste. Großartig!

Beckmann überlegte, was Fernsehkommissare in solch einer Situation machen würden.

Er bekam Appetit auf eine Fertigpizza.

34

Es hatte heftiger zu regnen begonnen.

Johann hatte seine Schubkarre von Fockos Scheune fort hin zum Schuppen geschoben, um sich unterzustellen.

Vorsichtig spähte er durch die angelehnte Tür, leuchtete mit der Taschenlampe hinein und trat schließlich ein. Er geriet sofort in ein dichtes Netz aus Spinnweben, die er sich fluchend aus dem Gesicht wischte.

Der Lichtkegel seiner Taschenlampe erfasste einen alten Heuwender und Teile anderer Landmaschinen, über die sich jeder Museumskurator gefreut hätte.

»Mensch, Focko«, kam es Johann leise über die Lippen, halb zu dem Bündel in Folie vor sich auf der Karre, halb zu sich selbst gesprochen. Hier war vermutlich schon Jahre niemand mehr gewesen, und aufgeräumt hatte hier wohl noch nie jemand.

Johann spähte rüber zur Scheune, in der immer noch Licht brannte, schüttelte den Kopf und schaute sich weiter um, um die Wartezeit zu überbrücken, bis Enno fertig war – was auch immer er da drüben machte.

Hinten in der Ecke stand doch tatsächlich die alte Kreidler Florett! Sofort kamen Johann ihre nächtlichen Fahrten über die Deiche in den Sinn. Flach auf Tank und Lenker liegend, um noch einen halben Stundenkilometer mehr rauszuholen, die Tachonadel zitterte knapp hinter dem Strich, der die Neunzig markierte, das war Rekord.

Total verrostet stand sie jetzt da, ohne Vorderrad, zugebaut hinter zwei alten Fahrrädern, auf denen wahrscheinlich noch Fockos Großeltern geradelt waren. Davor wurmstichige Tische, eine Kommode und aufgetürmte zwei- und dreibeinige Stühle, die Focko bestimmt irgendwann mal reparieren wollte, aber selbst wenn er älter hätte werden dürfen, hätte er es vermutlich nie getan.

Der ganze Schuppen war eine einzige große Ansammlung aufgeschobener Taten, nicht erfolgter Reparaturen, zu ordnender Erinnerungsstücke. Bilderrahmen, ein Vogelkäfig, Farbeimer, Kanister – lauter Dinge, von denen man glaubte, sie irgendwann einmal gut gebrauchen zu können, und die dann doch Jahrzehnte unberührt liegen blieben.

Eigentlich könnte er Focko ja auch hier lassen, aber ihn einfach in diesem Durcheinander abzustellen schien ihm unwürdig. Die Scheune, in der jetzt Enno herumtobte, hatte er in Gebrauch gehabt, das war mehr seine Welt gewesen als dieses Museum ungelebten Lebens.

Drüben brannte immer noch Licht, und Johann war in der Stimmung, seine Melancholie zu schüren.

Er begann, sich zu dem alten Moped vorzuarbeiten, trug das babylonische Stuhlgewirr ab und wollte die Kommode beiseite rücken, um der blechernen Erinnerung an alte Zeiten näher zu kommen. Doch die obere Platte der Kommode lag nur lose auf, und da Johann mit Kraft angeschoben hatte, sauste sie mit einem ordentlichen Schwung halb vom Untergestell, und Johanns Hand prallte gegen die Kante des Möbels. Fluchend betrachtete er seine schmerzenden Finger.

Doch dann fiel sein Blick in das Innere der Kommode. Darin lagen, säuberlich aufgeschichtet, etwa ziegelgroße, in Folie gehüllte Päckchen.

Johann, der in den Jahren, die er nicht auf dem Land gelebt hatte, eine bewegte Zeit durchgemacht hatte, wusste sofort, was er da vor sich hatte: Drogen, und zwar eine beträchtliche Menge. Oder etwa nicht?

Das wurde ja immer wilder, Focko und Drogen! War der ganze Ökoaktivismus nur Schein, und in Wahrheit war der wirre Focko ein abgebrühter Dealer? Sein Hof die Drehscheibe internationalen Drogenhandels? Sein Tod Ergebnis eines Bandenkrieges? Und drüben tanzte Enno um ein totes Schaf. Hatte er von den Drogen genommen? Was war hier überhaupt los seit einigen Tagen?

Johann begriff immer weniger. Geistesabwesend nahm er

eines der Päckchen, schlitzte es mit einem rostigen Schraubenzieher auf, und zum Vorschein kam zu einem festen Block gepresstes weißes Pulver, das sicher kein Waschmittel war.

35

Enno war in sich zusammengesackt. Seine Raserei war einer unendlichen Erschöpfung gewichen, aus der er sich nur allmählich wieder aufrappelte. Traurig, aber zufrieden schaute er sich um: Das Schafsblut hatte alle anderen Flecken auf der Wand überdeckt.

Während er sich umsah, fiel sein Blick auf sechs gestapelte, offensichtlich uralte Säcke Kaliumnitrat-Dünger. Focko, der Naturfreak und Ökoapostel, hortete geächtete Düngemittel? Wollte Focko plötzlich ein guter Landwirt und Gärtner werden, ein Vorzeigenachbar, oder was steckte dahinter?

Kein Mensch in der näheren Umgebung betrieb Ackerbau und brauchte solche Mengen Dünger. Warum also Focko? Was wollte er mit hundertfünfzig Kilo Kaliumnitrat, wenn sein Garten der lebende Beweis dafür war, dass die Natur ein Stück ehemaliger Kulturlandschaft unumkehrbar zurückerobern konnte?

Kaliumnitrat … Im »Friesischen Tageblatt« hatte kürzlich irgendetwas darüber gestanden, kam Enno in den Sinn. Es war ein Artikel über Terroristen gewesen. In dem Text ging es um eine Bombe, die sich eine links-, rechts- oder sonst wie orientierte Terrorgruppe aus handelsüblichen Zutaten zusammenbasteln wollte. Die Polizei war ihnen wohl auf die Schliche gekommen und hatte die erforderlichen Zutaten gefunden, eben Dünger und noch irgendetwas, das hatte Enno sich gemerkt.

Ob das seltsame Paket damit in Verbindung stand? Focko als Bombenbauer? Unmöglich, einerseits. Andererseits … verrückt genug war er, voll genug von Wut auf alles und jeden auch, warum also nicht?

***

Enno war nach Hause gestürmt und brachte nun den ohnehin schon nicht ganz ordentlich aufgehäuften Stapel an Zeitungspapier neben dem Kachelofen vollends durcheinander und zum Einsturz. Wann war das gewesen, vor einer Woche oder zweien, oder war es schon einen Monat her?

Er wühlte sich durchs Druckwerk: »Gülle-Drama – Kuh bricht durch Stallboden«, »Streit um den Ausbau der Landstraße«, »Finanzhilfen für Südeuropa«, »Dramatische Scheidung in Hollywood«, »Entlaufene Katze nach sechzehn Jahren wieder zu Hause«, da: »Spezialkräfte stürmten am späten Montagabend das Hauptquartier der Terrorzelle, die mehrere Anschläge auf öffentliche Einrichtungen geplant hatte. Die Ermittler fanden größere Mengen an Kaliumnitrat-Dünger und anderen im freien Handel erhältlichen Produkten.«

Enno ließ die Zeitung sinken. Er sah seinen alten Kumpel Focko in einem völlig neuen Licht, mit einer Mischung aus Verständnislosigkeit und Respekt. Immerhin musste er für einen Moment lang nicht an seine treue Trudi denken, die er ganz vergessen hatte in Fockos Scheune.

36

Johann sah, dass in der Scheune kein Licht mehr brannte. Er hatte das aufgeschlitzte Drogenpäckchen zurück zu den anderen gelegt, die Platte der Kommode wieder darübergeschoben und wollte seinen Fund am liebsten ganz einfach vergessen. Sollten andere sich darum kümmern. Dass das Zeug aus dem Verkehr gezogen war und durch Fockos Tod wohl auch bleiben würde, war ja nicht das Schlechteste. Dass Focko etwas mit Drogenhandel zu tun haben sollte, wollte ihm allerdings immer noch nicht so recht in den Kopf.

Die Lust darauf, das alte Moped näher in Augenschein zu nehmen und weitere Erinnerungen heraufzubeschwören, war ihm gründlich vergangen. Er wollte jetzt nur noch Focko nach Hause überführen und die letzten Tage aus seiner Erinnerung streichen. Ein Bier wäre jetzt recht, aber da musste er sich noch gedulden.

Johann überquerte mit seiner Last den Hof, hielt vor der Scheune kurz inne, horchte hinein, öffnete vorsichtig die Tür und stand vor dem toten Schaf, das von der Decke baumelte.

Vollkommen ratlos betrachtete er das Blutbad, das Enno angerichtet hatte, aber er wollte sich nicht schon wieder fragen, was da vor sich gegangen war, er würde sowieso keine sinnvolle Antwort finden. Also holte er die Schubkarre mit dem eingewickelten Focko, schob sie zu dem Schaf, dachte sich, dass die beiden dann wenigstens nicht allein waren, und ging. Die Tür lehnte er an, so, wie er sie auch vorgefunden hatte.

37

Nicolaj war zufrieden, er war kurz davor, Putin zu finden, das spürte er. Aber warum nur hielt der Kerl sich versteckt und gab kein Lebenszeichen von sich? Sibirischer Fischkopf, blöder.

Nicolaj erreichte ein Gehöft, das im Dunklen lag. Anscheinend waren die Besitzer schon zu Bett gegangen. So gut sein Orientierungsvermögen bei Tag war, so lausig war es bei Dunkelheit. Die Lektion hatte er bei den jungen Pionieren verpasst.

Er strich schon geraume Zeit nach Dämmerung über die Weiden, das ständige Ausweichen vor Kuhfladen hatte einen gradlinigen Kurs und eine klare Orientierung verhindert, so wie man sich ganz schrecklich verlaufen konnte in einer Stadt, in der die Straßen eine unmerkliche Krümmung hatten. Man wähnte sich im Norden, war aber in Wahrheit schon lange unbemerkt nach Westen abgedriftet. Mindestens.

So schlich sich Nicolaj über den Hof und ahnte nicht, dass er sich genau diesem Anwesen in der Nacht zuvor von der anderen Seite genähert und in dessen Federbett selig geschlummert hatte.

Er ließ das Wohngebäude links liegen und steuerte auf eine Scheune zu. Während er sich umsah, ob nicht doch im Bauernhaus plötzlich Licht anging, weil ihn jemand bemerkt hatte, trat er gegen einen Blecheimer, der mit lautem Geschepper umfiel. Nicolaj duckte sich und hoffte, dass niemand wach geworden war und nach dem Rechten sah.

Aber die Fenster blieben dunkel. Das mussten Menschen mit gesegnetem Schlaf sein, er selbst hätte senkrecht im Bett gestanden.

Seit er in Deutschland war, schlief er schlecht, schreckte oft schweißgebadet auf, vielleicht war das Ganovenleben einfach nichts für ihn. Aber wenn ihr Coup jetzt klappte, und danach sah es aus, dann wäre Schluss damit, aus und vorbei, dann gab es den Ganovenvorruhestand und ein bisschen Luxus.

Es rührte sich noch immer nichts im Hause, also wagte Nicolaj sich aus seiner Deckung. Die Tür der Scheune war nur ein paar Schritte entfernt und schien angelehnt zu sein. Nicolaj öffnete sie einen Spalt.

»Rybka«, rief er leise hinein, das war sein Spitzname für Putin, »Fischlein«. Eigentlich ein Kosename für eine Frau, aber er passte gut zu seinem sibirischen Leidensgenossen, fand Nicolaj.

»Wowa«, setzte er nach, »Wolodja.« Doch keine Antwort. Kein Putin.

Nicolaj öffnete die Tür so weit, dass er hineinschlüpfen konnte. Seinen Koffer hatte er immer noch bei sich, wie ein Handelsreisender auf Abwegen. Er kniete sich hin, öffnete einen Reißverschluss, kramte eine Taschenlampe heraus, richtete sich wieder auf und schaltete die Lampe ein.

»Prokljatie!!«, schrie er, so etwas wie »Verflucht!«, denn er stand Auge in Auge mit einem blutigen, über Kopf hängenden toten Schaf, das er mit seiner Stablampe von unten dämonisch anleuchtete.

Was zum Teufel sind das für perverse Leute hier, die so etwas machen?, dachte er. Waren das Urmenschen, oder war es irgendein Ritual, ein religiöses Opfer? In Sekundenbruchteilen wurde Nicolaj klar, dass er im Grunde nichts über die Deutschen wusste, und in diesem Moment war ihm ebenso klar, dass er auch gar nichts über sie lernen wollte, wenn sie solche Sachen veranstalteten. Er ließ seinen Kopf sinken und stieß denselben Fluch noch mal aus, nur etwas leiser.

Vor sich entdeckte er ein seltsam verschnürtes Bündel in einer Schubkarre, und Nicolaj war lange genug in der Ganovenbranche, um erkennen zu können, dass von Form und Größe des Päckchens auf einen leblosen Inhalt zu schließen war.

Hektisch zerrte er an der Folie am vermeintlichen Kopfende, vergeblich, zu fest war es mit Klebeband verschnürt. Er klemmte die Taschenlampe zwischen die Zähne – als Nächstes würde er sich eine Stirnlampe kaufen! –, nestelte nervös am Reißverschluss seines Koffers herum, bekam ihn nicht auf, dann klappte es endlich. Er fingerte nach einem Taschenmesser, brauchte drei

Anläufe, um die richtige Klinge auszuklappen, und begann, die Folie aufzuschlitzen.

»Wowa! Wowotschka!«, jammerte und klagte er, stieß weitere Flüche und Verwünschungen aus, weil die Klinge stumpf war, riss, zerrte und säbelte an dem Material und hoffte inständig, aber mit schwachem Glauben, etwas anderes darunter zu finden als seinen lieben, lebensunerfahrenen sibirischen Kompagnon.

Hätte er ihn doch nur nicht allein auf diese Mission geschickt! Was für ein verfluchter, feiger, gewissenloser Hund er doch war.

»Wowa, Wowik, vergib mir«, sagte er zu dem Bündel und bekam endlich ein Loch in die Folie. Er zerrte es größer, als müsste er schnell Luft hineinlassen, damit der eingeschnürte Freund ausreichend Sauerstoff erhielt, auch wenn das Paket sehr leblos dalag.

Er zog mit aller Kraft an dem Plastik, riss die Öffnung weiter auf – und verharrte: Das war nicht sein Wowa, dort in der Folie!

Er dankte der Muttergottes, dem Patriarchen und allen Heiligen, riss und schnitt weiter, um ganz sicher zu sein, und es war klar: Das war ein wildfremder Mann, der übel zugerichtet und dann in die Folie gewickelt worden war.

Wer war das? Und was war hier passiert? Hatte der Fremde seinen Wowa, seinen Putin, verfolgt, und hatte der ihn eiskalt erledigt? Hatte Nicolaj seinen schüchternen Mitstreiter unterschätzt? Aber warum hätte er den Fremden dann noch verschnüren sollen wie ein schlampig eingewickeltes Weihnachtspäckchen?

Und was hatte das Schaf zu bedeuten? War das hier eine Abrechnung unter rivalisierenden Banden? Das Schaf musste doch irgendeine symbolische Bedeutung haben. Ein Zeichen der friesischen Mafia?

Plötzlich hatte Nicolaj den Eindruck, dass es gar keine so gute Idee gewesen war, ein Versteck im vermeintlich ruhigen und abgelegenen Ostfriesland zu suchen. Hier war anscheinend ein Hotspot des Verbrechens, und hier agierten Leute, die vor den abgefeimtesten Methoden nicht zurückschreckten. Dagegen waren die »Diebe im Gesetz« ja Waisenknaben!

Aber wo war nun sein Wowa? Und wo die Ware? Mitten hinein in seine Rätselei hörte Nicolaj von draußen Geräusche. Kein Wunder, mit seinem Geschrei hätte er vermutlich auch den Menschen mit dem gesündesten Schlaf geweckt.

Hastig verstaute er seine Utensilien wieder in seinem Koffer und wischte zur Tür raus.

Der Dunkelheit und dem schweren Atem desjenigen, der da kam, konnte er es verdanken, dass der ihn gar nicht wahrnahm. Leider war es nicht sein Wowa.

38

Ennos Forschergeist und Wissensdurst waren geweckt. Er musste doch irgendwie dahinterkommen, was Focko da getrieben hatte. Vielleicht könnte das sein eigenes Gewissen beruhigen, ein wenig zumindest. Er wollte sich etwas von dem Dünger besorgen und zu Hause eine kleine Versuchsanordnung vornehmen mit den Zutaten aus dem Päckchen. Vielleicht käme er ja posthum Fockos Karriere als Bombenbauer auf die Spur.

Enno betrat die Scheune, leuchtete mit seiner Lampe am Boden umher und senkte den Kopf, um den Blickkontakt mit seiner hängenden Trudi zu vermeiden.

Der Lichtkegel fiel auf den Vorderreifen einer Schubkarre, die vorher noch nicht dort gestanden hatte. Er leuchtete weiter hoch, sah das Folienbündel auf der Karre und hielt inne. War außer ihm noch jemand im Schuppen? Wie kam die Karre hierher, und was war da eingewickelt?

Er trat vorsichtig näher heran und entdeckte die aufgerissene Stelle in der Folie. Er ging noch zwei Schritte näher, leuchtete hinein und erschrak. Focko! Wie zum Teufel kam der hierher?

Und wieso war er eingewickelt und hatte ein Luftloch in der Verpackung, das er definitiv nicht mehr brauchte? Wollte Johann ihm irgendetwas damit sagen?

Es war eine Art Jahrzehnte verspäteter Rache gewesen, dass er Focko zu Johann geschafft hatte. Schließlich hatte der seinen kleinen Bruder auf dem Gewissen. Er hatte zwar einerseits nichts dafür gekonnt, war aber andererseits zu leicht davongekommen damals, nach Ennos Ansicht, und entschuldigt hatte er sich auch nie.

Zwischen den einst dicken Freunden herrschte seit jenem Abend vor dem »Sunrise« eisiges Schweigen, kein Wort hatten sie mehr gewechselt seither. Erst hatte sich Johann zurückgezogen, dann war er ganz fortgegangen, und seit er wiedergekommen war, hatte er den Kontakt zu seinen alten Freunden gemieden, eigentlich zu jedem.

Jetzt war das mit Focko passiert, und Enno hatte nicht gewusst, was er tun sollte. Da verfiel er auf den Gedanken, seinem alten Freund Johann einen kleinen Denkzettel zu verpassen oder vielmehr etwas zum Grübeln zu geben. Er sollte sich einfach auch ein paar Gedanken machen, wenn es schon um einen aus ihrer Clique ging, er sollte nicht so tun, als würde ihn alles nichts mehr angehen.

Vielleicht sollte der tote Focko sogar eine kleine Brücke schlagen zwischen den beiden einzigen Überlebenden ihrer einst verschworenen Gemeinschaft, aber das hätte Enno niemals zugegeben.

Nun lag der tote Focko also ein zweites Mal vor ihm, ein lebloser Bumerang, eine echte Nervensäge, selbst noch in totem Zustand.

Enno fasste einen Entschluss. Er schlitzte einen Sack Dünger auf, füllte einen kleinen Plastikeimer, lud ihn neben Focko auf die Karre und balancierte seine Fracht zur Tür hinaus.

Er setzte die Karre noch einmal ab, ging zurück in die Scheune, holte aus einer Ecke den umgefallenen Stuhl, an dessen Vorderbeinen Reste von Klebeband hingen, legte ihn auf die Schubkarre und schob weiter.

39

»Waren wir da eigentlich schon mal?«

Beckmann trat auf die Bremse des Dienstwagens. Es war ein halbwegs sonniger Morgen, und die beiden Ermittler fuhren über Land, denn sie wussten nicht so recht, wie sie in dem Fall mit der unbekannten Leiche weiterkommen sollten. Der Abgleich auch mit der letzten Datei war erfolglos geblieben, der Tote war nirgendwo registriert, und vermisst wurde er auch nicht.

»Nee.« Seine Begleiterin schüttelte den Kopf.

Die Blicke der beiden ruhten auf einem halb verfallenen Hof. Über ihrem Auto stand eine späte Lerche und sang.

»Na denn«, gab sich Beckmann tatendurstig, schrubbte den Rückwärtsgang rein, stieß bis zur Einfahrt zurück und schaukelte den Weg in Richtung der Gebäude herunter.

»Hallo«, rief er, nachdem sie ausgestiegen waren.

»Hallo«, echote die Kollegin. »Jemand zu Hause?«

Sie klopfte an der Tür zum Wohnhaus und wandte sich schulterzuckend Beckmann zu. Der strich um die Scheune, aus der eine Katze flüchtete.

Beckmann öffnete die Tür, ging einen Schritt hinein und erstarrte.

»Heiliger Strohsack!«, entfuhr es ihm leise. »Carola«, rief er dann, ohne sich von der Stelle zu rühren.

Die Unsicherheit in seiner Stimme ließ die Gerufene nur vorsichtig eintreten, und auch sie blieb wie angewurzelt stehen.

»Das ist ein Zeichen, wie bei der Camorra«, mutmaßte Beckmann schließlich. »Ein hängendes Schaf, das bedeutet sicher ›Du musst sterben‹ oder so ähnlich!«

Seine Begleiterin schaute ihn mit einem Blick an, in dem überwiegend Mitleid lag.

»Camorra. In Ostfriesland«, sagte sie.

»Die Spusi! Wir müssen die Spusi holen!«

»Wegen eines toten Schafs?«

»Sieh doch nur, das ganze Blut, das hat doch sicher eine Bedeutung. Vielleicht wurde hier etwas vertuscht oder etwas angekündigt. Das ist heiß.«

***

Hinter einem Erlenstrauch saß Nicolaj und fluchte. Nicht nur, weil er in der Nacht erschöpft in irgendeinem Gestrüpp eingeschlafen war und ihm jetzt alle Knochen wehtaten, sondern auch, weil er den Hof endlich genauer untersuchen wollte. Da musste es noch mehr geben, Spuren von seinem Wolodja – nie wieder wollte er Putin zu ihm sagen, so ein dämlicher Spitzname, den die Berliner ihm da verpasst hatten.

Und wieder kam etwas dazwischen, diesmal sogar die Polizei, das erkannte Nicolaj schon aus größter Entfernung an den Bewegungen und Gesten dieser Leute, auch wenn er die Art der Kleidung des Mannes eher von den Halbweltgrößen aus Berlin kannte.

Wieso waren die hier? Hatte jemand sie gerufen? Was wussten die? Und wo war Wowa?

***

Beckmann saß bei geöffneter Tür auf dem Fahrersitz, beendete ein Telefonat und wandte sich an seine Kollegin.

»Dauert zwei Stunden. Mittag?«

Sie nickte stumm, beide setzten sich ins Auto und rumpelten über den Hofweg ihrer Pause entgegen.

***

Als der Wagen aus seinem Blickfeld verschwunden war, verließ Nicolaj sein Erlenversteck. Er ging auf die Scheune zu, deren Erforschung er in der Nacht hatte abbrechen müssen, trat hinein – und war erneut perplex. Die Schubkarre mit der Leiche war weg.

Mit seinem Koffer in der Hand stand er vor dem Schaf, das bei Tageslicht etwas von seinem Schrecken verloren hatte.

Es sah jetzt überwiegend traurig aus.

40

Enno hatte vor lauter Trubel vollkommen aus den Augen verloren, worauf er sich vor Tagen noch so sehr gefreut hatte. Verwaist stand sein Nachtsichtgerät da, als er mit dem Eimer Dünger in die Küche kam.

Die Zeit musste jetzt sein! Eimer in die Ecke, ein Forschungsprojekt nach dem anderen, Nobelpreisträger eilten ja auch nicht von einem Labor ins nächste.

Enno drückte auf den »Rewind«-Knopf, und befriedigt registrierte er, dass das Band sich quietschend in Bewegung setzte. Die Programmierung über die Zeitschaltuhr hatte also funktioniert.

Er setzte Wasser auf, schaute dabei zu, wie es langsam im offenen Kochtopf dem Siedepunkt entgegenblubberte, und goss sich dann einen Tee auf. Entgegen klischeehafter Annahmen keinen friesischen Tee mit Kluntjes und Sahne, sondern einen Beutel Hagebuttentee. Der schmeckte nach Schullandheim – schade, dass er keine Blechkanne hatte, er müsste mal bei Heinrich Siedenbiedel daran denken.

Das sagte er sich schon seit Jahren, aber auch so fühlte er sich mit Hagebutte jung.

Er setzte sich mit seinem Becher von der Raiffeisen-Warengenossenschaft vor den Fernseher, an den die Nachtsicht-Video-Installation angeschlossen war, und drückte feierlich auf »Start«.

Es begann zu flimmern, es war zu Beginn der Aufzeichnung noch nicht vollkommen dunkel gewesen, das Bild war grünlich eingefärbt. Langsam schob sich von links im Profil ein Schaf ins Bild, entschied sich aber um, drehte ab und blieb verschwunden.

Enno strahlte kurz, als das Schaf aufgetaucht war, aber nun wartete er schon zehn Minuten, und es tat sich gar nichts. Hatte er die Kamera falsch ausgerichtet? Wo waren die Tiere?

Etwas unwirsch betätigte er den Knopf für den Schnellvorlauf. Kaum hatte er draufgedrückt, flitzte im Schnellgang die ganze Schafherde von links durchs Bild und verschwand am rechten Bildrand.

Anhalten, zurückspülen, Normalgeschwindigkeit. Zufrieden beobachtete Enno die Parade der Schafe, die jetzt in angemessenem Schafstempo denselben Weg noch mal nahmen.

Enno versuchte, die Tiere auseinanderzuhalten, keine ganz einfache Aufgabe angesichts des monochromen Bildes, aber er war recht sicher, alle erkannt zu haben.

Dass die Tiere allerdings nur einmal kurz durchs Bild marschierten, entsprach nicht ganz seiner Vorstellung. Also wieder schneller Vorlauf.

Lange tat sich gar nichts.

Seine Fingerkuppe schmerzte schon, weil er den Knopf gedrückt halten musste. Welcher Idiot sich das wohl ausgedacht hatte.

Einmal huschte von rechts kurz ein Tier ins Bild, aber Enno war entschlossen, weiterzuspulen, bis sich ihm etwas Spektakuläreres bot. Schließlich wollte er die nächtlichen Aktivitäten seiner gesamten Schafherde studieren und nicht für jedes kurz auftauchende Tier dankbar sein müssen.

Er spulte und spulte, die mitlaufende Uhr war inzwischen bei dreiundzwanzig Uhr sechsunddreißig angekommen. Kein Schaf weit und breit. Er musste den verflixten »Night Max« nachjustieren.

Da tat sich plötzlich etwas, und Enno ließ den Knopf los. Was er da sah, war kein Schaf und auch kein anderes umherstreunendes Tier.

Es war nicht sehr gut zu erkennen, aber es war ein Mensch, der etwas vor sich herschob, so viel war klar. Enno spulte noch mal zurück, der Mann kam noch mal angeschoben, und schnell war Enno dann auch klar, wen seine Schafbeobachtungsanlage da aufgenommen hatte: Johann mit seiner Schubkarre auf dem Weg zu Fockos Hof.

Dass nur Johann den toten Focko dort abgelegt haben konnte, war Enno ja gleich klar gewesen, aber mit Blick auf die Uhrzeit, zu der das Bild aufgenommen worden war, fragte er sich jetzt, ob das nicht genau die Zeit gewesen war, zu der er selbst mit seiner Trudi in der Scheune gewesen war, und ob Johann ihn vielleicht beobachtet haben konnte.

Enno sorgte sich kurz, dachte nach und kam zu dem Schluss, dass das eigentlich egal wäre. Warum er Trudi getötet hatte, würde Johann wohl kaum erraten haben, und beobachtet worden zu sein war ihm höchstens ein bisschen unangenehm. Weniger, weil Johann ihn für einen seltsamen Spinner halten könnte, sondern vielmehr, weil es eigentlich ein sehr intimer Moment war, bei dem er lieber allein geblieben wäre, allein mit Trudi.

41

Nicolaj flüchtete unter Verwünschungen in das schon bewährte Erlengebüsch. Er hatte ein Auto kommen hören, und aus seinem Versteck heraus konnte er beobachten, dass es sogar eine ganze Karawane von Fahrzeugen war, die da auf den Hof fuhr.

Allen voran die beiden Gestalten, die er schon am Vormittag beobachtet und als Polizisten verdächtigt hatte – zu Recht, wie sich nun herausstellte.

Hinterher kam ein uralter Audi 80 in Grün-Weiß, aus dem sich eine rundliche Gestalt in Uniform herausschälte. Vielleicht hätte der Wowa gefallen, der Wagen.

Gefolgt wurden die beiden Autos von einem schwarzen VW-Bus und einem Kombi, denen acht Menschen entstiegen, die sofort begannen, sich in weiße Papieroveralls zu hüllen.

***

POM Busboom wartete nicht auf die Spurensicherung und ging schnurstracks auf die Scheune zu, in der sich die Geheimzeichen der Mafia befinden sollten. Er griff mit einer Gründlichkeit alles an, was man nur anfassen konnte, Tür, Klinke, Lichtschalter, als sei er von der Mafia bezahlt worden, deren Spuren zu verwischen. Das war jedenfalls Beckmanns Verdacht, dem sein »Achtung, bitte nichts anf…« zu spät über die Lippen kam.

Harm stand jetzt in der Scheune vor dem herabhängenden Schaf. Beckmann trat erwartungsvoll neben ihn, gespannt auf Harms Ausdruck von Überwältigung angesichts dieses barbarischen Signals von zu allem entschlossenen Gewaltverbrechern.

»Jo, das ist tot«, stellte Harm fest, während Fliegen den Kadaver umschwirrten.

Beckmann sah Harm von der Seite fassungslos an. Mehr kam da nicht? War das so ein eiskalter Hund? Ein mit allen Wassern gewaschener Cop, der schon so vieles gesehen hatte?

»Weiß ich auch nicht, wer so was macht«, ergänzte Harm und im Umdrehen: »Is ja 'ne ordentliche Sauerei.«

Als die Leute der Spurensicherung wie schwerfällige Geister in ihren weißen Overalls hereinwankten, wies Beckmann mit chefmäßiger Geste stumm in alle Richtungen.

Harm stapfte nach draußen, er war sicher, dass es da nicht mehr zu entdecken gab, und er fragte sich, wann er Focko eigentlich das letzte Mal gesehen hatte.

Er ging hinüber zum Wohnhaus, klopfte, lief ums Haus, schaute in die Fenster, aber da war niemand.

***

In der Scheune schwärmten die weißen Geister aus und packten alles in kleine Tüten, was sie fanden: Stroh, Dünger, Fellproben vom Schaf, sie nahmen Fingerabdrücke an Tür, Schalter und allen herumliegenden Gegenständen und würden später nur die von Polizeiobermeister Busboom zuordnen können.

Sie kratzten Blutspuren von der Wand, vom Boden, vom Schaf, stellten Nümmerchen auf und machten viele Fotos, und nach einer Dreiviertelstunde saßen alle mit ihrer Beute wieder in den Autos.

42

Johann versuchte, an seinem Nescafé die alte Freude zu entwickeln. Er war erschöpft und fühlte sich gemartert. Zu viel war passiert in den letzten Tagen, und er hoffte, dass nun endlich Ruhe einkehrte. Er nahm den letzten Schluck aus dem Becher und machte sich auf den Weg, Elfi zu begrüßen.

Er betrat die Scheune, Elfi grunzte, als sie ihn hörte, und Johann stieß selbst einen Grunzlaut aus, als er plötzlich seine Schubkarre wieder sah. Darauf lag der tote Focko, fast so, wie er ihn selbst in dessen Scheune abgestellt hatte.

Wer wollte ihn hier in den Wahnsinn treiben? Wieso war der wieder hier? Wer trieb da ein Spiel mit ihm und legte immer wieder den toten Freund in seine Scheune? Und warum war jetzt auch noch die Folie aufgeschnitten, sodass man das Gesicht des Toten sehen konnte? War das Pietät oder ein Zeichen an Johann, eine Warnung vielleicht sogar?

Johann war entnervt, ratlos und ohne Kraft. Er setzte sich auf eine Kiste und fühlte sich leer.

Sehr leer.

43

Der Mann war Beckmann gleich suspekt vorgekommen. Forsch fuhr er vor, bremste schlitternd, sprang aus dem Auto, eilte so schnell zum Eingang, dass seine Kollegin einige Schritte zurückblieb, und pochte vehement gegen die Tür.

Enno öffnete nach einer Frist, die ihm angemessen erschien, und begrüßte die beiden Ermittler mit einem »Moin« der eher abweisenden Sorte.

Beckmann drängelte sich an ihm vorbei, eilte in die Küche, nestelte aus der Innentasche seines Blousons, den er neuerdings ständig trug, ein Foto hervor und knallte es auf den Tisch.

Es war ein Foto des toten Schafes.

»Kennen Sie das?«

Beckmann kniff die Augen zusammen, um an Enno jede noch so kleine Gemütsregung ablesen zu können.

»Jo, das ist meins.«

Größer hätte Beckmanns Enttäuschung nicht sein können. Er hatte sich auf ein zermürbendes Kreuzverhör gefreut, an dessen Ende der in die Enge getriebene Enno hätte zugeben müssen, Eigentümer des Schafes zu sein. Und jetzt gab er es einfach unumwunden zu.

Enno wiederum dachte sich, leugnen ist zwecklos, außer ihm hatte keiner weit und breit Kamerunschafe, das würden selbst diese beiden Schmalspurdetektive herausfinden.

»Und?«, hakte Beckmann drohend nach.

»Was, und?«

»Was haben Sie dazu zu sagen?«

»Nix.«

Beckmann erlebte einen kurzen Anfall innerer Raserei, dachte: Bitte, bitte, versetzt mich zurück nach Göttingen, und fragte dann bemüht entspannt: »Und wieso nicht?«

»Was soll ich denn dazu sagen?«

»Herrgott, da hängt Ihr Schaf tot in irgendeiner Scheune, finden Sie das normal? Wollen Sie nicht wissen, wer das war?«

»Nö«, maulte Enno, »weiß ich ja.«

Beckmann lief einen Kreis in der Küche, schaute zum Fenster raus, drehte noch einen Kreis. Ruhig bleiben.

Seine Kollegin übernahm mit tonloser Stimme.

»Wer war es?«

»Na ich.«

Beckmann hörte auf zu kreisen und verstand endgültig gar nichts mehr.

»Wie, Sie?«

»Na ich«, wiederholte Enno, und weil er das Gefühl hatte, dass die Nervensägen keine Ruhe geben würden, bevor er nicht etwas mehr preisgab, ergänzte er seine Aussage. »Focko hatte mich gefragt, ob ich ihm ein Schaf verkaufe und das auch schlachten kann.«

»Ach, und das haben Sie da in der Scheune getan, ja? Und wo ist dieser Focko überhaupt?«, fragte Beckmann.

»Keine Ahnung. Hab mich auch gewundert. Aber verabredet hatten wir das ja. Da hab ich das denn eben allein gemacht. Bestellt ist bestellt.«

»Und wieso hing das da über Kopf?«, wollte die Kollegin wissen.

»Schächten nennt man das.«

»Ach, und ist das hier üblich?«

»Nö, eher nicht so. Vielleicht ist der Moslem oder was. Das hat der so bestellt.«

»Und wieso gab das so ein Blutbad?«

»Bin nicht so gut im Schächten. Ist ja nicht so üblich hier.«

»Dann werden wir diesen Focko mal befragen.«

Na denn man zu, dachte Enno sich.

»Man sieht sich.« Beckmann ging zur Tür.

»Wiedersehen«, sagte die Kollegin, während sie ihm nach draußen folgte.

Plötzlich machte Beckmann noch einmal kehrt, drängte an seiner Kollegin und Enno vorbei zurück in die Küche, griff sich das Videoband, das neben Kamera und Nachtsichtgerät lag, und hielt es triumphierend in die Höhe.

»Ha! Und das hier …«, er baute eine arg lange Kunstpause ein, um die ungeheuerliche Raffinesse seines Einfalls zu unterstreichen, »… nehme ich mit!«

»Dürfen Sie das denn?«, entgegnete Enno ruhig.

Beckmann schaute irritiert, fror mit in die Höhe gerecktem Arm ein und suchte den Blickkontakt zu seiner Kollegin. Die schaute demonstrativ aus dem Fenster.

»Na machen Sie mal«, erlöste Enno den Kommissar aus seiner Starre.

Beckmann eilte an Enno vorbei, die Kollegin folgte, und Enno achtete darauf, dass die Tür hinter beiden richtig ins Schloss fiel.

***

Auf dem Weg zum Auto gab Beckmann seiner Kollegin Raum, seinen brillanten Einfall zu loben. Nach einigen Schritten verfestigte sich in ihm jedoch der Eindruck, dass da wohl nichts kommen würde, und er setzte seine investigative Offensive fort.

»Ist das nicht verboten bei uns, das Schächten?«, fragte Beckmann.

Sie zuckte nur mit den Schultern.

»Ist das nicht komisch, dass der seine Schafe sogar nachts beobachtet und dann aber so brutal umbringt?«, verfolgte sie einen anderen Gedanken.

»Eben! Vielleicht beobachtet der ja etwas ganz anderes!« Triumphierend wedelte er mit der Videokassette. »Das Schächten ist übrigens gar nicht so brutal, die Tiere fallen langsam in Ohnmacht«, dozierte Beckmann. »Und das Fleisch ist wirklich zarter.«

»Aber so richtig können tut er es nicht«, hegte Oberkommissarin Hartung einen diffusen Argwohn.

»Sagt er ja selber.« Beckmann zuckte mit den Schultern.

Plötzlich ertönte ein Halali. Beckmann griff in die Innentasche des Blousons und beförderte sein Handy zutage.

»Beckmann, bei der Arbeit«, meldete er sich schneidig. »Ah … hm-m … okay … danke.«

Das Gespräch war einseitig und dauerte etwa vierzig Sekunden.

»Das Blut aus der Scheune stammt von Caprinae«, referierte er.

»Und, wer ist das?«, fragte Kollegin Hartung im Duktus einer müden Mutter, die ihrem Kind zum hundertsten Mal erklärt, wie man richtig »Guten Tag« sagt. Sie konnte es auf den Tod nicht ausstehen, wenn jemand ohne Erklärung oder wenigstens Ergänzung des Vor- oder Zunamens irgendeinen Namen fallen ließ, den sie nicht kennen konnte, ihr damit aber das Gefühl vermittelte, dass es nichts Selbstverständlicheres gab, als zu wissen, um wen es sich handle. Caprinae! War das überhaupt ein Vor- oder Nachname?

»Die Gruppe der Ziegenartigen, der auch das Schaf angehört. Schafe sind Ziegenartige, für den Zoologen jedenfalls, sie –«

»Danke.«

44

Enno hatte genug von diesen Visiten, dem Durcheinander und dem unbefriedigenden Ergebnis seiner Aufzeichnungen. Es war Zeit für eine kleine Belohnung, und er wollte Heinrich Siedenbiedel fragen, ob er nicht eine Blechkanne hätte, der hatte doch fast alles.

Enno betrat den Laden – »Moin«, »Moin« zurück –, und bevor er seine Frage formulieren konnte, fiel sein Blick auf Johann, der im Regal hinten links nach Klebeband suchte.

Enno vertagte spontan seine Kannenfrage, gab vor, sich bei den Plastikartikeln umzusehen, und richtete über die Schulter beiläufig eine Frage an Heinrich Siedenbiedel.

»Hast du Focko mal gesehen?«, rief er ihm zu.

»Hm-mmmm«, verneinte der.

»Hab nämlich 'n Paket für ihn angenommen. Kannst' ihm ja sagen, wenn du ihn siehst.«

Enno schaute Johann dabei zwischen Plastiktrichtern und Butterbrotdosen hindurch intensiv an.

»Hmmm-m«, machte der Krämer zustimmend.

»Du vielleicht?«, fragte Enno Johann, der dessen Blick gespürt und sich umgedreht hatte.

Mit einem Kopfschütteln wandte Johann sich wieder ab. Seit der Sache mit Ennos Bruder damals hatten sie nicht mehr miteinander gesprochen.

»Na denn.« Enno warf Johann einen langen Blick zu und verließ den Laden.

***

Draußen zeichnete die Sonne unwirkliche Lichtinseln zwischen den Wolken hindurch auf sattgrünes Gras. Das dunkle Grau der unteren Wolkenschicht tendierte ins Violette, durch Lücken leuchtete die Schicht darüber in flammendem Orange.

Die Lichtstrahlen, die die Erde erreichten, wirkten wie die Darstellung göttlicher Macht auf alten Gemälden, und tatsächlich sah es so aus, als würde von oben jemand mit einer gewaltigen Taschenlampe nach etwas suchen.

Im Zentrum eines dieser göttlichen Spots stand eine einzelne Kuh.

45

Beckmann spürte, dass er vor dem Durchbruch stand. Kamera und Kabel hatte er sich vom Nachbarn geliehen, nicht ohne die Brisanz seiner höchst geheimen Ermittlungen durchscheinen zu lassen. Dass der Nachbar sich gewundert haben könnte, weshalb die Polizei sich das Material für ihre Untersuchungen in der Nachbarschaft zusammenleihen musste, war ihm nicht in den Sinn gekommen.

Alles war verkabelt und bereit, der Fernseher lief ohne Ton, stumm gestikulierte ein Moderator und trieb Kandidaten an, mit verbundenen Augen eine Pampelmuse auf ihrer Stirn zu balancieren.

Beckmann erinnerte es an Kindergeburtstage von früher. Er war liebend gern auf Feiern gegangen, Götterspeise Waldmeister, Kuchen mit Dosenpfirsichen und Gelatine-Tortenguss, Sprühsahne und Kakao.

Es war allerdings jedes Mal ein schweres Ringen für ihn gewesen, ob er den Einladungen folgen sollte, ob die Verlockung der Genüsse seine Scham und Angst überwiegen könnte, sich in den aufzutragenden Klamotten seiner Geschwister zum Gespött der anderen Kinder zu machen.

Ein helles »Pling« beendete den Geburtstag, Beckmann stand auf, verschwand in der Küchenzeile und tauchte kurz darauf mit einer dampfenden Pizza wieder auf. Eine Minute weniger hätte es auch getan.

Er setzte die »Quattro Stagioni« auf den Couchtisch, sich selbst auf das helle Ledersofa und betätigte den Startknopf.

Die Show-Kandidaten, die inzwischen einen Slalom zwischen lebenden Pinguinen absolvieren mussten, verschwanden und wurden abgelöst von einem grünen Bild, auf dem man nach einer Weile in der linken Bildhälfte einen Baum identifizieren konnte.

Der Baum bewegte sich leicht im Wind, Beckmann griff zu einem Stück der vorgeschnittenen Pizza, ohne den Blick vom Monitor zu wenden.

Abrupt hielt er mit dem Kauen inne, als sich auf einmal von rechts etwas ins Bild schob. Es verschwand wieder, bevor es zu erkennen war, Beckmann kaute weiter, es kam wieder ins Bild, Beckmann stockte. Ganz langsam kaute er weiter, als könne er das beobachtete Objekt sonst in die Flucht schlagen. Es verschwand wieder, das Stück Pizza war aufgegessen.

Jetzt schob sich wieder etwas (jemand?) ins Bild, diesmal weiter. Beckmanns Kinn sackte ab: Es war ein Schaf! Es war jetzt ganz ins Bild getreten, wandte den Blick zur Kamera und schaute direkt hinein. Seine Augen leuchteten groß und hell und grün wie die eines Aliens, der sich das erste Mal auf der Erde umschaute.

Beckmann lehnte sich zurück, rieb sich mit den Händen das Gesicht und dachte nach.

Er beugte sich wieder vor, nahm ein Stück Pizza und schaute weiter. Das war ja klar, dass sich nicht sofort der Täter mit Namen und Adresse vorstellen würde. Da würde schon noch etwas kommen.

Das hatte er einfach im Gefühl.

46

Nicolaj hatte in der Scheune, in der das Schaf bereits zu riechen begann, alles durchwühlt, was herumstand, jeden Eimer, jede Kiste, jedes Schubfach in alten Kommoden. Seine Finger waren schmutzig und trocken von Staub und Rost. Trotzdem war er überzeugt, auf einer heißen Spur zu sein, irgendetwas musste er hier finden.

Er schlich über den Hof auf das Haus zu, an dem die Polizei schon vergeblich geklopft hatte. In einem bewohnten Haus würde Wowa die Ware nicht versteckt haben, das wäre zu riskant. Oder hatte er hier eine ähnlich seltsame Taktik an den Tag gelegt wie bei der Auswahl der Fluchtfahrzeuge?

Erst mal wollte Nicolaj es in dem Schuppen hinter dem Haus versuchen. Er öffnete die Tür, schaute hinein und schloss die Tür gleich wieder.

»O bosche«, flüsterte er, »oh Gott.«

Er kannte die Deutschen wirklich nicht. Was für ein grauenvolles Durcheinander, ein unbeschreibliches Chaos. Von wegen ein Volk, das Wert auf Ordnung und Sauberkeit legte. Da hielt ja jedes Mütterchen in der hintersten kasachischen Steppe mehr Ordnung als diese Leute hier.

Ihm graute bei der Vorstellung, den Schuppen zu durchwühlen, Möbel und Geräte herumzuwuchten, seine Finger in Spinnennester und Rattengerippe zu tauchen, um am Ende wieder mit leeren Händen dazustehen.

Er überlegte kurz, ob er es nicht bleiben lassen sollte, und versuchte die Wahrscheinlichkeit zu kalkulieren, hier fündig zu werden. Er konnte es nicht wissen, das musste er einsehen, also machte er sich mit einem Seufzer an die Arbeit.

Fluchend und immer grober ging er zu Werke, schichtete Dinge nicht mehr vorsichtig um, sondern warf die zwei- und dreibeinigen Stühle in die Ecke, schleuderte sie quer durch den Schuppen. Daran, entdeckt werden zu können, dachte er nicht mehr.

Was für einen verfluchten Mist die Leute aufheben, dachte er, sollen sie es doch reparieren oder wegwerfen, aber was ist das für eine Lebenshaltung? Mit so einer unentschiedenen Haltung konnte man keine Kriege gewinnen, alles kein Wunder!

Nicolaj steigerte sich immer mehr in seine Wut hinein und warf sich wie ein Bulldozer gegen die Kommode, die ihm im Weg stand.

Die Platte rutschte von dem Möbel und gab den Blick frei auf einzellophanierte ziegelgroße Blöcke.

Nicolaj verharrte augenblicklich in seinem Furor, und seine Gemütslage verwandelte sich binnen weniger Sekunden von Wut in Verzückung.

»Oioioi, Wowotschka!« Er nahm ein Päckchen nach dem anderen heraus, küsste jedes einzelne, legte alle sorgsam zurück und betrachtete versonnen den vor ihm liegenden Schatz.

Jetzt war es Zeit für einen Plan. Sollte er weiter nach seinem Kumpel suchen oder die Beute in Sicherheit bringen? Wer weiß, wo Wladimir Iljitsch Putenkow steckt, dachte er, vielleicht ist ihm doch etwas zugestoßen, Gott bewahre?

Wenn er in der Nähe wäre, hätte er Nicolaj längst entdeckt und sich zu erkennen gegeben. Wowa war weg, den würde er später suchen, aber jetzt musste die Ware in Sicherheit gebracht werden. Hier, wo die Polizei ein und aus ging und wer weiß was noch passieren würde, konnte sie auf keinen Fall bleiben. Da wäre sie ja auf dem Tverskoy-Boulevard in Moskau sicherer als bei diesen Wahnsinnigen.

Nicolaj schaute sich hektisch um, schob die Platte wieder auf die Kommode, türmte etwas anderen Kram darauf und schlich auf Zehenspitzen aus der Tür.

Nach ein paar Schritten über den Hof machte er noch mal kehrt, eilte in den Schuppen zurück, griff seinen Koffer, den er hatte stehen lassen, und schlich weiter Richtung Erlengebüsch.

Er würde ein Auto besorgen, eines voller Benzin, und dann würde er wiederkommen, wenn es dunkel war.

47

Es begann zu dämmern. Enno hatte sich, frustriert von den Videoaufzeichnungen, seinem zweiten Forschungsfeld zugewandt.

Auf seinem Hof in der Mitte zwischen Wohnhaus und Scheune hatte er drei kleine Haufen aufgeschichtet.

Der größte Haufen war Dünger aus Fockos Scheune, die anderen beiden Häufchen bestanden aus Proben der Waren, die sich in Fockos Päckchen gefunden hatten: Aluminiumpulver »German Dark« und Wacholderholzkohlepulver. Enno hatte Zettel mit den Bezeichnungen vor die Häufchen gelegt, damit er nichts durcheinanderbrachte. Vielleicht könnte das noch wichtig sein.

Vor den drei Häufchen hatte er einen kleinen Feuerplatz eingerichtet, kleine Holzspäne als Anmachholz aufgeschichtet, darunter geknülltes Zeitungspapier.

Vorsichtig nahm er mit beiden Händen von dem Dünger und verteilte ihn über dem kleinen Scheiterhaufen. Mit einem Esslöffel streute er etwas von den beiden Pulvern darüber.

Dann nahm er einen zu einer kleinen Keule gedrehten Bogen Zeitungspapier, steckte ihn in Brand, hielt den Fidibus an sein Lagerfeuer und machte eilig zwei Schritte zurück.

Im selben Moment schoss eine Stichflamme aus dem kleinen Haufen, gefolgt von einer Explosion. Dann brannte das Ganze mit heller Flamme.

Enno war erschrocken und begeistert zugleich. Es hatte funktioniert! Der kindliche Zündler in ihm war erwacht, und erst einen Moment später wurde ihm klar, was das bedeutete: Focko hatte anscheinend wirklich Material zum Bombenbauen gehortet. Oder hatte er mit den Pulvern etwas ganz anderes vorgehabt, und Enno hatte in seiner verqueren Phantasie Dinge zusammengebracht, die gar nicht zusammengehörten?

Egal, für den Moment obsiegte Ennos Freude an dem selbst fabrizierten Feuerwerk, und er machte sich daran, mutiger geworden, größere Mengen der Substanzen zu vermischen, aufzuschichten und anzuzünden.

Er legte eine kleine Lunte aus dem Holzkohlepulver, die sofort verglomm. Das funktionierte nicht.

Er eilte ins Haus, holte eine Flasche Doppelkorn, tränkte Zeitungspapier damit, improvisierte daraus eine zweite Lunte und steckte sie am äußersten Ende in Brand. Er lief fort, ging hinter der Hausecke in Deckung und sah zu, wie die Flamme sich schnell in Richtung eines neu aufgeschichteten Haufens fraß. Die Stichflamme war sicher zwei Meter hoch, der Knall beträchtlich, und der Hof leuchtete im Schein des Feuers. Enno trat zufrieden aus seinem Versteck und sah in die Flammen.

Vielen Leuten kamen beim Blick ins Feuer melancholische Gedanken, und Enno erging es nicht anders, er musste an den eigentlichen Besitzer des Brandgutes denken.

Er dachte an sein Telefon, das spät am Abend geklingelt hatte. Er hatte abgehoben, und es schrie aus dem Hörer: »Komm sofort hierher!«

»Focko, bist du das?« Enno konnte die sich überschlagende Stimme nicht gleich erkennen.

»Natürlich bin ich das, wer denn wohl sonst?«, schrie dieser zurück. »Ich hab einen!« Es klang der große Triumph durch, dass es ihm endlich gelungen war, den Beweis anzutreten, dass er nicht unter Verfolgungswahn litt, sondern all seine Prophezeiungen leider, endlich, eingetreten waren.

Enno schnappte sich seine Jacke, stieg in die Schuhe und rannte zu Fockos Hof. So dicke waren sie eigentlich gar nicht, nicht mehr, aber wenn Focko um diese Zeit anrief, musste schon etwas Besonderes los sein, und er klang so, als bräuchte er Hilfe; vielleicht nicht so, wie Focko sich das selbst vorstellte, sondern eher Hilfe im Sinne einer Beruhigung.

Enno klopfte bei Focko, die Tür gab nach, sie stand offen. Enno trat in die Stube, da lag die Zeitung, die Lesebrille darauf, eine Tasse daneben.

»Focko?«

Keine Antwort. Enno klopfte an die Tür zum Schlafzimmer, aber weil er ein dezenter Mensch war, trat er nicht ein, und so, wie Focko eben noch in Rage gewesen war, konnte er jetzt unmöglich im Bett liegen.

Enno ging wieder nach draußen, schaute sich um und sah Licht in der Scheune. Er lief hinüber, trat ein und verstand nicht, was er da sah.

Focko schaute sich kurz über seine Schulter nach Enno um.

»Da!«, präsentierte er ihm stolz seinen Fang.

Vor Focko saß ein Mann, der Enno fremd war und der nicht sonderlich friesisch aussah. Er war an den Beinen mit Klebeband an einen alten Stuhl gefesselt.

Enno trat noch einen Schritt näher und sah jetzt, dass Focko eine Waffe in der Hand hatte.

Ennos Augen weiteten sich.

Der Mann auf dem Stuhl war ziemlich mitgenommen. Anscheinend hatte Focko ihm schon arg zugesetzt.

»So, und jetzt soll er mit der Wahrheit rausrücken!«

»Focko, sag mal, was machst du hier eigentlich?«, fuhr Enno ihn an. »Bist du denn bescheuert?!«

Focko ging über die Frage hinweg.

»Wir verhören ihn zu zweit. Kreuzverhör. Damit er auspackt«, erklärte er hektisch.

Was auch immer in Focko an Hormonen zu mobilisieren gewesen war, jetzt war es aktiviert und verursachte offenbar jede Menge fataler Synapsenkurzschlüsse. Enno hatte Focko noch nie so in Rage erlebt.

»Focko, jetzt mach kein' Scheiß! Was ist denn hier los?«

Wladimir Iljitsch Putenkow hatte bei Focko geklopft, damit war es ganz harmlos losgegangen. Putin hatte sich einen prima Plan ausgedacht, wollte ein wenig plaudern, sagen, wie schön er die Gegend fand, und fragen, wem der verlassene Hof nebenan gehörte.

»Entschuldigung, mein Großvater hier gelebt, schön, Melancholia, verstehen …«, schmückte Wowa alias Putin gerade salbungsvoll seine Geschichte aus, als Focko einen Braten roch, wenn auch den falschen.

»Dein Großvater hat vielleicht in Sibirien gelebt«, fauchte er den Fremden an, und während Putin sich noch fragte, woher der fremde Friese das wissen konnte, holte Focko einen »Peacemaker« aus seiner Küchenkommode und fuchtelte mit der Waffe vor Putins Nase herum.

»Nicht mit mir, Freundchen«, schrie er ihn an, stieß ihm den Lauf des Revolvers in die Rippen und brüllte: »Vorwärts!«

Focko schubste ihn über den Hof vor sich her, Putin stolperte in Richtung Scheune, Focko stolperte hinterher, streng darauf bedacht, den Körperkontakt mit dem Lauf der Waffe zu halten.

Er stieß Putin in die Scheune, brüllte ihn an: »Hinsetzen«, wies auf einen alten Stuhl, auf den sich der völlig perplexe Mann aus Krasnojarsk setzte, und mit erstaunlicher Geschicklichkeit wickelte Focko Klebeband um Fesseln und Stuhlbeine. Nachdem Focko hinter der Lehne auch die Hände des Fremden miteinander verklebt hatte, konnte der sich nicht mehr rühren.

Bis hierher war Putin also gekommen mit seiner russischen Variante des amerikanischen Traums: sich selbstständig machen, erst mal mit kleinen Gaunereien, zu einem bescheidenen Reichtum kommen, etwas aufbauen. Der Plan von Nicolaj war ihm eigentlich ein paar Nummern zu groß gewesen, aber Nicolaj war ein netter Kerl und obendrein der Einzige in Berlin, den er halbwegs kannte und dem er vertraute, und so hatte er sich auf die Sache eingelassen. Und bis jetzt war sie ja auch gut gegangen.

Aber nun war er hier gelandet, und womit er im Leben nicht gerechnet hatte, war, im tiefsten Ostfriesland auf einen Wahnsinnigen zu treffen. Auf Focko.

Enno sah ins Feuer, das etwas heruntergebrannt war, und als seine Augen sich an die dahinterliegende Dunkelheit gewöhnt hatten, erblickte er Johann.

Neben Johann stand eine Schubkarre, beladen mit einem größeren Objekt, das in Folie gewickelt war. Über das Feuer hinweg sahen sich die Männer lange an.

Johann kam näher und trat neben Enno. Der hielt ihm den Lieferschein aus dem Paket hin, das er für Focko entgegengenommen hatte, und nickte in Richtung des Häufchens auf dem Boden.

Enno und Johann sahen sich an. Eine Regung war in ihren Gesichtern nicht zu sehen, aber ein Entschluss, und zwar einer, den sie beide fällten.

Fast könnte man sagen, gemeinsam.

48

Wortlos schoben sie ihre Schubkarren durch die Dunkelheit nebeneinanderher. Johann mit Focko auf der seinen, Enno hatte auf seine das Paket mit den seltsamen Pulvern geladen und eine Kiste Bier.

Gesprochen hatten sie seit Ennos Frage in Heinrich Siedenbiedels Laden kein Wort miteinander. Sie erreichten Fockos Hof.

Johann nickte in Richtung des Schuppens. Innen flackerte das Licht einer Taschenlampe.

In Windeseile verwandelten sich die beiden Männer in zwei Jungs, die sich allein mit Gesten verständigen konnten, du rechtsrum, ich linksrum, Jahrzehnte hatten nichts verändert.

Sie schlichen beide so weit um den Schuppen herum, dass sie den Urheber des Lichtspiels beobachten konnten, ohne selbst entdeckt zu werden.

Nicolaj wankte hochbepackt, die Taschenlampe zwischen den Zähnen, mit den eingewickelten Blöcken vom Schuppen zu einem Auto, in dessen geöffneten Kofferraum er die Päckchen fallen ließ.

Als Nicolaj schwitzend auf dem Rückweg war, um die nächste Ladung zu holen, trat Johann plötzlich aus dem Schatten.

Nicolaj blieb kurz stehen, da traf ihn von hinten ein Schlag, und er sank in sich zusammen. Mit einem ähnlich gekonnten Schwung, wie man ihn bei Tennisturnieren bei einem guten Aufschlag sehen konnte, hatte Enno ihm von hinten eine Schaufel über den Kopf gezogen.

Enno setzte die Schaufel zufrieden wieder ab und spürte Johanns Blick. In der Dunkelheit konnte er nicht ausmachen, ob er fragend, ärgerlich oder gar schmunzelnd ausfiel.

Enno schaute fragend auf die Päckchen, die Nicolaj transportiert hatte. Johann signalisierte mit einer Bewegung des Kopfes, dass sie einfach zurück in den Schuppen sollten.

***

Es dauerte eine halbe Stunde, bis die beiden in allen Gebäuden des Hofes Dünger, Aluminium- und Holzkohlepulver verteilt und Focko in seiner Scheune ausgepackt und halbwegs würdig aufgebahrt hatten.

Sie zündeten zwei aus Zeitungen improvisierte Fackeln an, nickten sich zu und liefen in getrennte Richtungen.

Es begann in Schuppen und Scheune gleichzeitig zu brennen.

Nicolaj, den sie in Sicherheit gebracht hatten, erwachte aus seinem Schaufelkoma gerade rechtzeitig für das Spektakel. Mit der ersten Detonation riss er die Augen auf, wollte sich aufrappeln und in Richtung der Flammen laufen, in denen er zu Recht die Beute aus Amsterdam vermutete.

Er versuchte, sich loszureißen, aber Johann hielt ihn fest an der Schulter gepackt, und als die Flammen hoch aus dem Dach schossen, sah Nicolaj ein, dass er nichts mehr würde retten können. Da ging er in Flammen auf, sein Traum von der Lachsfarm und auch der seines Freundes. Nicolaj warf sich verzweifelt auf den Boden.

Es entwickelte sich eine nicht unbeträchtliche Hitze, und schließlich griffen die Flammen auch auf das Auto über, das Nicolaj geklaut hatte. Wenige Momente später gab es eine hübsche kleine Explosion.

Johann reichte Enno ein Bier aus der Kiste, mit einer zweiten Flasche klopfte er Nicolaj, der immer noch auf der Erde saß, auffordernd gegen die Schulter. Der Fremde mit der Beule am Kopf war ihm nicht einmal unsympathisch, er wirkte nicht wie ein skrupelloser Gangster. Nur den Umgang mit Drogen sollte er sich besser abgewöhnen.

Nicolaj nahm das Bier, stand auf, stellte sich zu den beiden und erhob die Flasche zu einem matten Salut.

Johann begann eine Melodie zu summen, die ihm spontan

in den Sinn kam. Die anderen stimmten leise mit ein. Es war eine einfache Melodie, wie ein Kinderlied, fröhlich und melancholisch zugleich.

Das hätte Wowotschka auch gut gefallen.

Eine Gitarre wäre jetzt schön.

Trudi.

Über das Schicksal seines Kompagnons ließ Enno Nicolaj im Unklaren. So würde er vielleicht lebenslang traurig sein, seinen Freund aus den Augen verloren zu haben, aber er konnte wenigstens die Illusion hegen, der habe irgendwo ein neues Leben begonnen. Vielleicht mit einem schönen Oldtimer.

Dass Enno ihn schnöde ins Schilf gelegt hatte, konnte er Nicolaj unmöglich sagen. Der schaute in den Himmel, damit ihm keine Tränen herunterliefen – als würde er etwas ahnen.

Enno reichte ihm noch eine Flasche Bier, sie stießen mit Johann an, und alle drei blickten stumm ins Feuer.

Dabei war der, der für Enno nie einen Namen getragen hatte und niemals tragen würde, im Grunde sicher auch ein feiner Kerl gewesen. Einmal nur hatte Enno erlebt, wie er ausgerastet war.

»Man chsteckt nurrr eine Patrchone rein, Idiottt«, hatte Putin in einer Art geschnarrt, die in Enno sofort Erinnerungen an sämtliche russischen Filmbösewichter aus Zeiten des Kalten Krieges aufblühen ließ. So friedfertig Putin sonst auch war, selbst ihm platzte irgendwann einmal der Kragen, mochte seine Lage auch nicht dazu angetan sein, sein Gegenüber zu provozieren.

Focko, aufgebracht wie er war, hatte die Belehrung jedenfalls sofort mit einer heftigen Ohrfeige quittiert.

»Hier ist nicht Russland, du Dösbaddel, hier geht das nach meinen Regeln«, krähte er mit sich überschlagender Stimme, und vor lauter Nervosität brauchte er ewig, um die Patronen in die Trommel zu fingern. Sechs an der Zahl. Dann ließ er die Trommel einschnappen, drehte sie und drückte sie dem Besserwisser an die Schläfe.

»Wer ist dein Opa, hm, hmmm? Scheiß was mit Opa, verarsch mich nicht, sag ich dir, verarsch mich bloß nicht.«

Enno versuchte, dem Gefesselten zu signalisieren, dass er alles in den Griff bekommen würde, während Focko nervös auf und ab ging.

»Focko –«

Weiter kam Enno nicht, denn der Angesprochene wandte sich wieder dem Fremden zu und hielt ihm die Pistole an die Schläfe.

»Wie heißt der Kaufmann hier im Ort?«

»Focko, woher soll er das denn wissen?«, versuchte Enno ihn zu beschwichtigen.

»Misch du dich nicht ein, misch du dich bloß nicht ein! Auf welcher Seite stehst du denn? Mir sollst du helfen und nicht ihm! Wenn sein Opa von hier ist, dann weiß er das. Das weiß man, verstehst du?«

Enno verstand nicht, er wechselte einen Blick mit dem ebenso ratlosen Putin.

»Der ist nicht von hier. Die machen alles kaputt hier, tot, kapierst du das nicht? Warst du mal in Pockens?«

Enno schüttelte verwirrt den Kopf. Pockens?

»Ich aber. Ich war da. Und weißt du, wie das da aussieht? Ihre Scheiß-Windräder haben die da aufgestellt, überall. Hunderte. Die Kühe leiden, die Vögel sterben. So. Und jetzt bohren sie nach Gas, pumpen Salzsäure in den Boden, toll, nicht?«

Putin war etwas irritiert über die Energiedebatte, die sich da anbahnte, hielt es aber für ein gutes Zeichen. Vielleicht würde sich die Wut des unbekannten Friesen rhetorisch entladen.

Focko echauffierte sich weiter.

»Das war's dann nämlich, endgültig. Schluss, aus, nix mehr glückliche Kühe. Vergiftete Kühe haben wir dann, vergiftete Weiden, alles am Arsch. Die glauben, die können uns hier alles herknallen. Wie heißt der Kaufmann?!«

Focko wandte sich von Enno ab und wieder dem Gefesselten zu, dessen Hoffnung auf eine gesprächsweise Lösung wieder schwand. Er zuckte nur noch matt mit den Schultern.

»Wir können auch spielen! Sollen wir spielen? Komm, wir spielen! Du bist doch aus Russland. Da mögt ihr doch solche Spiele, oder?«

Focko entriegelte die Trommel des Revolvers, nahm jede zweite der sechs Patronen raus und ließ die Trommel wieder einrasten.

»Spielen wir Roulette, ja? Spielen wir Roulette?«

Focko drehte die Trommel des Revolvers und hielt dem Gefesselten die Waffe an den Kopf.

Das war der Moment gewesen, in dem Putin Fockos Auffassung von russischem Roulette korrigieren musste.

»Focko, es geht nur um ein bisschen Gas. Du übertreibst, selbst wenn der Mann hier deswegen da wäre.«

»Ich übertreibe? Ein Spion der russischen Gasmafia, und ich übertreibe? Ich zeige dir, wer hier übertreibt.«

Focko feuerte mit der Waffe in Richtung Decke, ein ohrenbetäubender Knall, eine aufgescheuchte Taube flatterte. Alle drei Männer waren erschrocken. Focko fasste sich als Erster wieder und schrie den Mann an.

»Siehst du? Glück hast du gehabt. Das hätte auch dein Kopf sein können. Verstehst du? Kopf – bumm. So, ich helf dir jetzt, ja, verstehst du, ich helf dir. Wenn's dir dann nicht einfällt, dann gnade dir Gott.«

Focko nestelte ein Stück Papier aus seiner Tasche, grabbelte nach einem Zimmermannsbleistift in der Werkzeugkiste und schrieb darauf die Initialen »H.S.«.

»Und, fällt es dir jetzt ein? Ja, fällt es dir jetzt ein? Seit drei Generationen hat dieselbe Familie den Laden, das weiß man, wenn man mit dem Dorf was zu tun hat, das hat dein Opa dir sicher erzählt.«

Der Mann schwieg.

»Focko, was hast du denn immer mit dem Siedenbiedel ...«, setzte Enno an.

»Du hast es verraten! Du hast es ihm gerade verraten! Du machst gemeinsame Sache mit ihm, ja?«

Focko fuchtelte mit der Waffe jetzt in Ennos Richtung.

»Hast du schon verkauft an die Schweine, ja?«, brüllte er Enno an.

»Und du bist ein russischer Gasspion«, schrie Focko wieder Putin an und drückte ihm die Pistole gegen den Kopf. »Du Schwein!«

»Focko, das weißt du doch gar nicht«, versuchte Enno, immer nervöser, zu beschwichtigen.

»Hier, hier, das hatte er bei sich. Irgendein Geheimcode.«

Focko hielt Enno den Zettel unter die Nase, auf den er eben die Initialen des Kaufmanns geschrieben hatte.

Darauf stand, etwas krakelig: »Sand–9« und »1602«.

»Den hab ich ihm abgenommen, den hatte er in seiner Tasche.«

»Ich bin kein Spion«, wiederholte der Mann auf dem Stuhl matt.

»Das ist 'ne Scheißlüge, ist das.«

Focko drückte wieder die Waffe gegen Putins Kopf. Enno hatte sich schon vorher umgesehen. Jetzt griff er schnell nach der Holsteiner Schaufel, die hinter ihm an der Wand lehnte, und schlug sie Focko über den Kopf.

Im selben Moment löste sich ein Schuss.

Focko brach zusammen, und hinter dem Mann auf dem Stuhl entstand ein roter Fleck an der Wand und drum herum eine Menge Spritzer.

Das hatte Enno sich anders vorgestellt.

Ihm brannte die Hitze des Feuers im Gesicht. In der Ferne konnte er Blaulicht und Martinshorn der freiwilligen Feuerwehr ausmachen. Die kamen einfach immer zu spät.

Stumm verständigten sich die drei am Feuer, den Abend anderswo ausklingen zu lassen.

49

Beckmann saß auf seinem Ledersofa. Es war spät, er war müde, im Fernsehen wurden von leicht bekleideten jungen und nicht mehr ganz so jungen Damen verschiedene Telefondienste feilgeboten. Eine Werbung für ein Kriegsspiel mit außergewöhnlich realistisch nachgebildeten Panzern durchbrach unvermittelt den Reigen der Weiblichkeit.

Beckmann war alles hundert Mal durchgegangen, und jetzt erst dämmerte ihm, dass sie mit einem im Dorf noch nie gesprochen hatten, weil der nie anzutreffen gewesen war. Vielleicht steckte der ja hinter allem.

Dass ihm das nicht früher eingefallen war! Natürlich! Das war der Schlüssel zu allem! Beckmann wurde wieder munter und setzte sich auf.

Was auch immer dieser Mensch getan hatte, er hatte jedenfalls etwas getan und war danach getürmt, ganz klarer Fall.

Beckmann wusste nicht, ob er ärgerlich auf sich sein sollte, dass ihm der Gedanke erst jetzt gekommen war, oder ob er stolz sein sollte, dass er sich überhaupt eingestellt hatte.

Er entschied sich für Stolz. Er griff zur Fernbedienung und schaltete um. Männer mit nacktem Oberkörper lieferten sich ein Wettrennen mit riesigen Schaufelbaggern.

Morgen würde er diesen Focko Poppen zur Fahndung ausschreiben lassen.

50

Langsam kam Johann die Treppe herunter. Sein Kopf wog mindestens fünfzig Kilo, nur mit Mühe ließ sich der Schädel auf dem Hals balancieren. In der Küche erblickte Johann den Grund für das enorme Gewicht: Nicht auf einen Blick zu zählende Bierflaschen und drei weitgehend geleerte Flaschen Doppelkorn standen dort, und auf dem abgewetzten Sofa lag mit offenem Mund und schwer atmend eine schlafende Gestalt. Erst nach kurzem Grübeln identifizierte Johann sie als den neuen Bekannten vom nächtlichen Lagerfeuer.

Johann schaute sich um. Enno war anscheinend verschwunden. Unvorstellbar, wie der es bis nach Hause geschafft haben sollte.

Johann setzte Wasser auf, schaufelte doppelt so viel Nescafé in seinen Becher wie gewöhnlich, wartete ungeduldig auf den Siedepunkt, goss den Kaffee auf, ohne irgendein Bizzeln wahrzunehmen, griff den Becher und schlich durch die Diele auf den Hof. Frische Luft, das würde jetzt guttun.

Er ließ sich auf die Bank vor der Tür fallen, sah aus dem Augenwinkel, dass Post in seinem Briefkasten steckte, fand das gleichgültig und beschloss dann doch, nachzusehen. Er bekam nicht oft Post.

Johann zog den nicht vollständig im Schlitz verschwundenen Brief aus dem verrosteten Kasten, setzte sich wieder, ritzte den Umschlag mit dem kleinen Finger auf, faltete das gedruckte Schreiben auf und begann zu lesen.

Im selben Moment hielt Enno in seiner Küche ein wortgleiches Schreiben in der Hand, ebenso wie Heinrich Siedenbiedel, Wilmine Ahlers und Harm Busboom.

Alle im Dorf hatten diesen Brief bekommen.

Es war viel Text, und Johann überflog ihn, um schneller zu erfassen, worum es darin ging.

»… anliegend erhalten Sie von uns eine Durchschrift des Antrags des Projektträgers, zu dem Sie sich schriftlich äußern können. Bitte teilen Sie der Enteignungsbehörde auch mit, ob Miet- oder Pachtverhältnisse für das betroffene Grundstück bestehen …«

»Meta …«, rief Heinrich Siedenbiedel seine Frau.

Wilmine Ahlers war schon mit dem Brief in der Hand auf dem Weg zum Laden.

Enno stützte den Kopf in die Hände.

Johann las weiter.

»Über die Größe des gegebenenfalls zu enteignenden Grundes wird nach Abschluss der Probebohrungen befunden. Im Anschluss an die erfolgten behördlichen Genehmigungen teuft das Konsortium die Bohrung Merschmoor ab.

Die Bohrung soll der weiteren Erschließung und Entwicklung des Erdgasfeldes Merschmoor sowie der Überprüfung des Erschließungskonzeptes dienen. Der obertägige Ansatzpunkt einer Bohrung wird einerseits durch die geologischen Strukturen und andererseits durch die obertägigen Gegebenheiten – zum Beispiel die Nähe zu Ortschaften und Verkehrswegen sowie die Berührung ökologischer Schutzgebiete – bestimmt. Wenn vor diesem Hintergrund ein senkrechtes Abteufen nicht möglich ist, kann der anvisierte Zielpunkt im Untergrund mit einer untertägig abgelenkten Bohrung angesteuert werden.«

Johann verstand nicht alles, das lag nicht nur an Bier und Schnaps vom Abend. Aber er begriff, dass der Bohrturm aus dem Prospekt mit Dünen und Kühen keine düstere Drohung bleiben würde.

Er ließ den Brief sinken und schaute vor sich hin, so wie im selben Moment die meisten anderen im Dorf.

Mensch, Focko.